금지 구역 51F

아름다운 청소년 ㉚

금지 구역 51F

초판 1쇄 인쇄 2023년 3월 7일 | 초판 1쇄 발행 2023년 3월 14일

지은이 효주 | **펴낸이** 방일권

디자인 강소리 | **홍보관리** 손은영

펴낸곳 별숲 | **출판신고** 2010년 6월 17일 | **주소** 경기도 파주시 광인사길 68, 403호

전화 031-945-7980 | **팩스** 02-6209-7980 | **전자우편** everlys@naver.com

© 효주 2023

ISBN 979-11-92370-37-8 44800
ISBN 978-89-965755-0-4 (세트)

• 이 책 내용의 전부 또는 일부를 사용하려면 반드시 저작권자와 별숲 양측의 서면 동의를 받아야 합니다.
• 책값은 뒤표지에 표시되어 있습니다.
• 잘못된 책은 바꾸어 드립니다.
• 별숲 블로그 blog.naver.com/everlys 별숲 인스타그램 @byeolsoop_insta

금지 구역 51F

효주 장편소설

별숲

누군가의 무엇이 아닌
나 자신을 위해 살아가기를 바랍니다.

_효주

프롤로그 … 9

1. 클론 멍키, 뮤 … 15

2. 전학 … 27

3. 구름다리 … 36

4. 하이퍼 타워 … 44

5. 지아 … 55

6. 가까워지다 … 61

7. 테마파크 … 68

8. 지아의 결석 … 78

9. 소문과 의심 … 86

10. 지아의 자살 … 98

11. 행방불명 … 107

12. 유명우의 정체 … 117

13. 또 한 명의 지아 … 124

14. 51F의 비밀 … 133

15. 최후의 결전 … 142

16. 다시 구름다리 … 158

프롤로그

방금 전까지 구름 한 점 없던 하늘에 별안간 먹구름이 깔리더니 자동차 앞 유리에 빗방울이 떨어지기 시작했다.

"오늘 비 소식이 없었는데 이상하네요."

운전석에 앉은 민영아 박사가 네모난 모니터를 터치하자 와이퍼가 움직이며 빗줄기를 밀어냈다. 깨끗해진 창문 너머로 짙은 회색 구름이 보였다. 검푸른 바다를 따라 이어진 해안 도로에는 네 사람이 탄 흰색 자동차 한 대뿐이었다. 운전을 하고 있는 민영아 박사 옆 조수석에는 그녀의 아들이 고개를 돌려 창밖을 쳐다보고 있었다. 뒷자리에는 유명우 박사와 그의 딸이 나란히 앉아 있었다.

"이 부근만 벗어나면 괜찮을 것 같긴 한데, 자율 주행 모드로 바꾸는 게 어때요? 아님 제가 운전할까요?"

유명우가 걱정이 담긴 목소리로 운전을 하는 민영아에게 말을 건

넸다.

인간의 기억을 복제하는 신기술을 개발하고 테스트에 성공한 두 사람은 학계의 초청으로 세미나에 참석하러 가는 길에 각자의 자녀를 데리고 함께 나선 참이었다. 마침 세미나가 열리는 인근에 세계 청소년 캠프가 개최되고 있어 열세 살 동갑내기인 아이들에게는 좋은 기회였다.

"저기서 세우시면 될 것 같은데요."

유명우가 가리키는 방향에 도로 폭이 약간 넓어지는 곳이 보였다.

"제 차도 아닌데 괜히 제가 운전한다고 했나 봐요. 그럼 좀 부탁드릴게요."

민영아가 바로 브레이크를 밟았지만 길이 미끄러워 제동 거리가 약간 길어졌다. 차를 세운 곳은 난간이 설치되어 있었지만 조금만 방심하면 바로 수백 미터 절벽 아래로 떨어질 수 있어 매우 위험해 보였다.

"고생하셨어요. 지금부터는 제가 운전하겠습니다."

유명우가 차에서 내렸다. 민영아가 조수석에 앉고, 조수석에 앉아 있던 민영아의 아들도 뒷자리로 옮겨 앉았다. 짙은 회색 하늘이 번쩍하며 빛나더니 곧이어 커다란 굉음이 들렸다. 심상치 않은 날씨에 아이들은 재잘거리던 입을 다물었다.

자동차 두 대가 마주치면 비켜서야 할 만큼 좁은 해안 도로였지만 마침 마주 오는 차가 없어 다행이었다.

"자, 그럼 출발해 볼까? 너희들 불편한 데는 없니?"

유명우는 뒷자리에 앉아 있는 민영아의 아들과 자신의 딸 지아를 돌아보며 웃었다.

"저, 근데 자동차 시트가……."

민영아의 아들이 말끝을 흐리자 옆에 앉은 지아가 대신 대답했다.

"아빠, 여기 시트가 푹 꺼져서 불편해."

"그래? 시트가 왜 갑자기 꺼졌지? 잠시만, 내가 확인해 보마."

"아니에요, 제가 바꿔 앉을게요."

유명우가 안전벨트를 풀고 내리려는 찰나 지아가 차 문을 열고 내렸다.

"네가 내 자리에 앉아."

지아가 민영아의 아들에게 턱짓을 했다.

"아니야, 괜찮아."

"비 다 맞잖아. 얼른 옆으로 가."

지아가 차 안으로 몸을 밀어 넣자 어쩔 수 없다는 듯 민영아의 아들이 지아가 앉던 자리로 몸을 옮겼다.

"예민하기는. 그냥 앉아도 될 텐데, 괜히……."

조수석에 앉은 민영아가 뒤를 돌아보며 말했다.

"그냥 둡시다. 제 아빠 차라고 책임감이 느껴지나 봅니다."

민영아 말에 유명우가 빙그레 웃었다.

"자, 그럼 다시 출발한다."

출발한 지 5분도 되지 않아 굵어진 빗줄기가 사정없이 창문을 두드려 댔다. 쏟아지는 비로 앞이 제대로 보이지 않았다. 유명우는 속도를 낮추고 천천히 차를 몰았다. 자동차에서 급커브 구간을 조심하라는 알림 말이 나왔다.

"어, 어, 왜 핸들이 안 돌아가지?"

유명우가 핸들을 돌렸지만 모니터 핸들 잠금 표시등에 불이 들어와 있었다. 조수석에 앉은 민영아가 당황하며 같이 핸들을 돌렸지만 핸들은 꿈쩍도 하지 않았다.

"엄마!"

"아악!"

짙은 회색 하늘로 나는 듯 붕 떠오른 자동차가 낭떠러지 밑으로 사라졌다.

*

"아빠, 흰색 자동차가 하늘로 날아갔어."

창밖을 보던 한 아이가 손가락으로 반대편 도로를 가리켰다.

"아직 하늘을 나는 자동차는 못 만드는 걸로 아는데……."

굽은 해안 도로를 조심스레 운전하던 남자가 씨익 웃으며 아들을 보았다.

"아빠, 저기 검은 연기도 난다!"

남자는 아들 말에 흘깃 반대편을 보았다. 빗줄기 사이로 절벽 아래서 검은 연기가 피어오르는 게 보였다. 순간 아들이 한 말과 검은 연기가 뜻하는 게 뭔지 알 것 같았다. 남자는 조심스레 핸들을 꺾어

반대편으로 차를 몰았다.

차를 세운 남자가 쏟아지는 비를 맞으며 절벽 아래를 내려다보았다. 흰색 자동차가 뒤집힌 채 검은 연기가 솟아오르고 있었다. 남자는 주머니에서 워치폰을 꺼내 신고했다.

5분 정도 지나자 하늘이 진동하며 구급 헬기가 보였다.

"아들 덕분에 신고했네. 우리 할 일은 끝난 것 같으니 가자. 아들 잘했어!"

남자는 카시트에 앉아 과자를 오물거리는 아들을 돌아보고 자리를 떠났다.

*

헬기가 강한 물바람을 일으키며 날아와 언덕에 내려앉았다. 헬기 문이 열리고 '이맨(Emergency man)'이라 불리는 안드로이드 응급 구조원들이 내려섰다. 파란색 십자 마크가 붙은 유니폼을 입은 이맨들의 눈빛이 날카롭게 빛났다. 절벽 아래를 스캔한 이맨의 눈빛이 깜빡였다. 구겨진 자동차 안에서 생체 신호를 감지한 이맨들의 움직임이 빨라졌다.

종이처럼 구겨진 자동차 안에 민영아가 거꾸로 매달려 있었다. 민영아는 창밖으로 손을 뻗으며 입술을 달싹였다. 손끝에 차 밖으로 튕겨져 나간 아들의 모습이 잡혔지만 입에서는 의미 없는 소리만 새어 나올 뿐이었다. 머리에서 흐른 피가 바닥으로 뚝뚝 떨어져 내렸다. 정신을 차리려고 했지만 자꾸 눈앞이 아득해져 왔다. 민영아는 시야가 뿌옇게 변하며 까무룩 정신을 잃었다. 이맨이 안전벨트 줄을 끊고 민영아를 자동차 안에서 빼냈다.

"딸부터, 딸부터 구해."

유명우는 안전벨트를 자르고 있는 이맨에게 소리쳤다. 이맨이 주위를 돌아보았다. 안전벨트에 묶여 축 늘어진 여자아이를 발견한 이맨의 고글에 활력 징후 수치가 입력되었다. 심박수, 산소 포화도, 혈압 등의 수치가 유명우가 훨씬 높았다. 이맨은 주저 없이 유명우를 먼저 들어 올렸다.

"이 머저리 같은 새끼들아, 내 딸부터 구하라고!"

유명우가 욱신거리는 가슴을 부여잡으며 소리쳤지만 이맨은 들리지 않는 듯 언덕을 올라갔다.

잠시 후 다른 이맨이 유명우의 딸을 구조해 헬기에 실었다. 딸을 본 유명우는 그제야 한숨을 내쉬었다. 갑자기 생각난 듯 유명우가 얼굴을 찌푸리며 몸을 일으켜 세웠다.

"다른 아이는!"

헬기 창밖으로 거센 빗줄기 사이에서 걸어오는 이맨의 모습이 보였다. 이맨의 두 팔에 축 늘어진 남자아이가 안겨 있었다.

1
클론 멍키, 뮤

아직 겨울 끝자락이 남아 있는 초봄, 공기는 차가웠지만 민후 등에서는 모락모락 김이 피어올랐다. 공원 안은 익스트림 스포츠라 불리는 X게임을 즐기기에 딱이었다. 사무실과 건강 센터로 쓰이는 3층짜리 건물은 세 동이 연달아 붙어 있어 건너뛰기와 뛰어내리기에 좋은 조건이었다. 공원에 가득한 굵은 나무들은 타고 오르며 팔힘과 다리 근육을 기르기에도 좋았다. 이른 새벽, 사람 없는 공원은 민후가 유일하게 오롯한 자유를 느끼는 곳이었다.

푸르스름하던 하늘이 밝아 오자 어둑한 공원도 서서히 제 모습을 드러내고 있었다. 아무도 없는 줄 알았는데 쓰레기통이라고 불리는 클린봇이 건물 앞에서 청소하는 모습이 눈에 들어왔다. 클린봇은 평상시에는 네모난 쓰레기통 역할을 하다 주변이 지저분해지면 공원을 돌아다니며 치우는 일을 했다. 주말인 오늘은 공원이 북적일 테

15

니 클린봇도 한가롭지는 못할 것이다.

사람들이 점점 눈에 띄기 시작했다. 민후는 사고로 생긴 이명 때문에 사람 많은 곳을 일부러 피했고, 아무도 없는 곳에서 혼자 있는 걸 좋아하게 되었다.

"뮤, 가자."

민후가 부르는 소리에 원숭이 뮤가 나무 위에서 클린봇 위로 풀쩍 뛰어오르자, 경고음과 함께 클린봇 가슴에 빨간 경고등이 켜졌다. 한 번 더 건드렸다가는 경찰 로봇이 출동할 수도 있었다. 다행히 뮤는 옆으로 길게 뻗은 가지를 타고 재빠르게 도망쳤다.

"잘 있어. 나 혼자 간다."

민후는 말 안 듣는 뮤를 흘긋 돌아보고 정말 혼자 갈 것처럼 뒤돌아서서 걷기 시작했다. 끼끼, 소리를 지르며 쫓아온 뮤가 민후 어깨 위로 홀쩍 올라앉았다. 민후가 뮤의 오렌지색 머리를 쓰다듬었다. 뮤의 동그랗고 까만 눈이 재밌거리를 찾아 쉼 없이 주위를 두리번거렸다. 호기심 많은 뮤는 잠시도 가만히 있지 않았다.

이제 막 떠오르기 시작한 햇빛이 민후와 뮤를 따사롭게 비추었다. 운동으로 후끈 달아올랐던 몸이 어느 정도 식자 서늘한 아침 공기가 느껴졌다. 훈풍이 섞인 초봄의 바람이 상쾌했다.

집에 들어서자 엄마가 걱정스러운 표정으로 민후를 보았다.

"또 아침부터 어딜 갔다 오는 거야! 혹시 열나는 거야? 약은 먹었어? 네 얼굴이……."

"아냐, 그냥 좀 머리가 아파서 그래요."

민후는 방으로 들어가 문을 닫았다. 방으로 들어온 뮤가 책상 위로 올라가 과자 봉지를 만지작거렸다. 배가 고픈 모양이었다. 뮤가 먹을 음식을 가지러 부엌으로 가야 하는데 엄마랑 마주치기 싫었다.

노크 소리와 동시에 엄마가 문을 열었다.

"식탁에 밥 차려 놨어. 이건 뮤 거야. 참, 약 떨어졌던데 병원 다녀와. 주말이니까 오전에⋯⋯."

"알았어. 내가 알아서 할게요."

얼굴도 보지 않고 대답하는 민후 등 뒤로 엄마 한숨이 늘어졌다.

"주말이라 사람 많을 거야. 엄마가 데려다줄까?"

화난 것처럼 눈도 마주치지 않는 민후 모습에 엄마가 옅은 한숨을 쉬며 방문을 닫았다. 민후는 의자에서 일어나 창문을 활짝 열었다. 서늘한 공기가 뺨에 닿자 무거웠던 마음이 아주 조금은 가벼워지는 것 같았다.

잠시 후 현관문이 닫히는 소리가 들렸다. 엄마가 꽃집으로 출근하는 모양이었다. 한 달 전 민후는 엄청난 비밀을 알게 되었다.

민후는 4년 전 교통사고로 이전 기억을 잃었지만 자신이 쌍둥이였다는 건 전혀 알지 못했다. 사고 이후 들은 적도 없고, 생각지도 못했던 일이었다. 밤중에 화장실을 가려고 방을 나왔는데 안방에서 엄마의 흐느끼는 소리가 들렸다. 노크를 했지만 엄마는 듣지 못했다. 손잡이를 살짝 돌렸는데 엄마 뒷모습이 보였다.

화장대 거울에 비친 엄마는 웬 사진 한 장을 들여다보고 있었다. 숨죽여 울고 있는 등이 무척 슬퍼 보였다. 대체 무슨 사진인지 무척 궁금했지만 묻지 못하고 조용히 문을 닫았다.

다음 날 학교에서 돌아온 민후는 책가방을 소파에 던져 놓고 안방으로 들어갔다. 서랍장을 뒤져 사진을 찾았다. 서랍 안쪽에서 찾아낸 사진을 본 순간 민후는 숨이 멎은 듯 그대로 얼어붙었다.

형인지 동생인지, 자신과 똑같이 생긴 아이가 책상에 앉아 활짝 웃고 있었다. 민후 자신이라고 생각할 수도 있었지만 사진에는 분명히 '준후'라는 이름이 적혀 있었다. 이름 옆에 적힌 날짜는 민후가 사고 나기 며칠 전이었다.

민후 머릿속에 그동안 엄마가 가끔 눈가가 빨개지며 무슨 말인가 하려다 입을 다물던 모습이 떠올랐다. 민후를 쳐다보는 엄마 눈빛이 왜 그렇게 허전하게 느껴졌는지 이제야 알 것 같았다.

사고가 났을 때 쌍둥이였던 두 사람 중 민후만 살아남은 것이다. 엄마는 죽은 준후를 그리워하고 있었다. 사고에서 살아남은 민후보다 죽은 준후를 애타게 그리워하고 있는 것이다. 민후는 살아 있는 자식보다 죽은 자식을 그리워하는 엄마가 원망스러웠다. 그리고 형인지 동생인지 모를 사진 속 준후와 뒤바뀐 운명이 원망스러웠다. 차라리 죽었더라면 머리가 깨져 나가는 고통스러운 이명으로 이렇게 재미없는 인생을 살며 고생하지 않아도 되었을 것이다.

엄마가 누군가를 기다리는 사람처럼 텅 빈 눈으로 창가에 서 있는 날이 많았던 것도 이제야 이해가 갔다. 사진을 발견하기 전까지는 사고 때문에 엄마도 마음이 아픈 거라고 생각했지만 이제는 아니었다. 엄마는 오지 않는 준후를 기다리고 그리워하는 것이다. 엄마는 사고가 났던 그 시간에서 한 발짝도 움직이지 않고 있었다.

'학교도 집도 나를 반기는 사람은 없어.'

약을 먹으면 일상생활은 가능했지만 간혹 송곳처럼 날카로운 이명이 머릿속을 파고들 때면 등줄기로 식은땀이 흘러내렸다. 학교에서 이명으로 힘들면 조용한 보건실에서 남은 시간을 보내곤 했다. 컨디션 좋은 날은 괜찮았지만 몸이 안 좋을 때는 날카롭고 예민해져 아이들도 민후 눈치를 보았다.

선생님도 아이들도 그런 민후를 이상하게 생각하지 않았다. 그냥 특별하게 대했다. 민후는 학교에서 특별한 사람이었다. 아이들은 그런 민후에게 다가올 생각도, 관심도 없었다. 교실에 있는 책상이나 의자처럼 그냥 사물로 여기는 것 같았다. 그러다 보니 어느새 민후도 혼자 있는 게 속 편했다.

아이들과 보이지 않는 선이 느껴졌다. 하지만 짝인 태오는 반 아이들과는 달리 처음부터 선 따위는 보이지 않는 듯 신경 쓰지 않았다. 민후는 말 많은 태오를 경계했지만 시간이 지날수록 두 사람 사이의 선이 희미해지고 있었다. 그래도 여전히 민후는 혼자가 편하긴 했다.

민후는 아무 의미 없이 집에서 학교로, 학교에서 집으로 몸만 왔다 갔다 하는 생활에 익숙해져 갔다. 재미없는 학교생활에 지쳐 일주일에 두세 번은 이명을 핑계로 조퇴도 자주 했다.

엄마가 B블록 중에서도 낙후된 B-3지역에 있는 낡은 꽃집을 새로운 인테리어로 바꾸는 동안 민후는 밖에서 실컷 돌아다니다 밤이 늦어서야 집으로 돌아왔다. 우연히 인터넷에서 본 익스트림 스포츠를 보고 가슴이 뛰었다. 사람이 없는 곳을 찾아다니며 연습을 하고 또 했다. 건물 옥상에서 다른 건물 옥상으로 1, 2미터는 훌쩍 건너뛸 정도의 실력이 되었다. 허공을 가르며 하늘을 나는 몇 초 동안이 민후가 살아 있다고 느끼는 희열의 순간이었다. 뛰기 전의 긴장감, 그 짜릿한 긴장이 지금을 살고 있는 유일한 감정이었다.

뮤가 머리 위로 풀쩍 뛰어오르는 바람에 민후는 생각에서 빠져나왔다. 엄마가 식탁에 차려 놓은 수프와 계란프라이는 차갑게 식어 있었다. 민후는 뮤가 먹을 사료를 준 후 식어 버린 음식을 그대로 놓아두고 집을 나섰다.

"금방 갔다 올게. 넌 집에 있어."

팔을 기어오르는 뮤를 밀어냈지만 따라가고 싶은지 이번에는 뮤가 어깨 위에 자리를 잡고 앉았다. 민후가 잡으려고 손을 내밀자, 뮤가 등 뒤의 후드 속으로 쏙 들어가 버렸다.

"어휴, 암튼 말도 안 듣는다."

병원은 걸어서 10분 거리에 있었다. 하지만 도착해 보니 문이 잠겨 있었다.

'개인 사정으로 일주일 휴원합니다.'

일주일이나 휴원이라니, 민후는 미리 약을 받아 놓지 않은 게 후회되었다. 드라마틱한 효과는 없어도, 있는데 안 먹는 거랑 없어서 못 먹는 건 많이 달랐다. 민후는 A블록에 있는 하이퍼 타워를 떠올렸다.

이왕이면 크고 좋은 곳으로 가고 싶었지만 엄마 반대로 문턱에도 가 보지 못한 곳이었다. 엄마는 그곳 병원이 크기만 컸지 상업적인 데다 환자를 돈으로 본다며 엄청 싫어했다. 하지만 약이 한 알도 남지 않은 상황이라 약을 처방받으려면 하이퍼 타워에 있는 병원으로 갈 수밖에 없었다. 엄마는 약이 떨어진 걸 알면 잔소리를 할 게 뻔했다. 지금은 엄마와 아무 말도 하고 싶지 않았다. 게다가 주말이라 문을 연 곳은 하이퍼 타워가 유일했다.

정류장에서 전기 버스를 기다리는데 민후 귓속에서 삐, 하는 이명이 들렸다. 머릿속을 울리는 소리에 저절로 얼굴이 찌푸려졌다. 별의별 검사를 다 받아 보았지만 귀에 특별한 이상은 없었다. 차라리 어디가 고장 났다면 수술이라도 받을 텐데 이상이 없다는 말은 민후를 더 힘 빠지게 만들었다. 특별한 이상이 없는데 왜 약을 먹어야 하는지 이해가 가지 않았다. 약이 이명의 횟수와 강도를 줄여 준다고는 하지만 문득 이명으로 두통이 생길 때면 이상이 없다는 의사의 말도 믿을 수가 없었다.

마침 도착한 버스에 오르자 쾌적한 공기에 머릿속이 좀 맑아지는 느낌이 들었다. 방금까지 귓속을 찌르던 이명이 거짓말처럼 사라진 게 신기했다. 빈 좌석이 하나도 없어 민후는 내리는 문 쪽에 섰다.

"어, 컴펫 원숭이다!"

후드 속에 숨어 있던 뮤를 발견한 아이가 손가락을 들어 가리켰다. 사람들이 모두 민후를 쳐다보았다. 아이가 뮤 목에 걸린 목걸이를 알아본 것 같았다. 죽은 반려동물을 복제해 기를 수는 있지만 돈이 많이 들기 때문에 흔하지는 않았다. 'Come Pet'을 뜻하는 CP 목걸이는 컴펫사에서 복제해 준 반려동물이 아프거나 다쳤을 경우 무료 치료 서비스를 받기 위해 꼭 필요한 물건이었다.

"엄마, 우리도 컴펫 신청하자. 우리 강아지, 루카 보고 싶어. 응?"

아이가 엄마를 졸랐다.

"루카는 이제 추억으로 남겨야지. 똑같이 만든다고 해서 그게 루카니? 겉모습만 똑같은 인형이나 마찬가지야."

"아냐, 똑같아. 리엘이도 컴펫 신청했는데 똑같은 고양이가 집에 왔단 말이야. 자기 이름도 알아듣고 안아 달라고 두 발로 점프하는 모습도 완전 똑같대."

아이가 울음 섞인 목소리로 엄마를 쳐다보았다. 한숨을 내쉰 엄마가 슬쩍 민후를 흘겨보았다. 아이의 앞자리에 앉은 할아버지가 입을 열었다.

"세상이 어떻게 되려고 자꾸 가짜를 만들어 내나. 우리 손주도 얼마 전 죽은 고양이를 다시 데려오라고 어찌나 성화인지. 동물도 똑같이 만들어 내는 세상인데 저렇게 클론 좋아하다 사람도 만들어 내겠어요."

할아버지가 중얼거리는 말에 옆에 앉은 중년 여자가 눈을 동그랗게 떴다.

"세상에, 나랑 똑같은 복제물이라니, 듣기만 해도 소름 끼치네요."

여자가 옷을 여미며 몸을 떨었다. 여기저기서 수군거리는 소리에 벌집이 들어 있는 것처럼 머릿속이 윙윙거렸다.

"휴먼 클론도 사람이에요."

앞쪽에서 누군가 벌떡 일어나며 소리쳤다. 버스 안에 있던 모든 사람들의 눈길이 여자에게로 쏠렸다. 까무잡잡한 피부에 어깨 밑으로 길게 내려오는 갈색 머리를 한 여자가 사람들 눈길을 무시한 채 뒷문 앞에 섰다. 민후가 옆으로 비켜서며 여자를 힐긋 쳐다보았다. 흰색 점퍼에 청바지를 입고 굽 높은 부츠를 신은 모습이 어른 같아 보였지만, 가만 보니 민후와 엇비슷해 보였다.

곁눈으로 느껴지는 사람들의 따가운 시선이 불편해지려는 찰나 버스가 섰다. 여자가 민후 어깨를 스치며 버스에서 내렸다. 머리카락에서 이름 모를 꽃향기가 났다. 여자를 따라 민후도 버스에서 내렸다. 후드에 숨었던 뮤가 고개를 쏙 내밀었다. 민후가 눈으로 여자의 행방을 쫓았지만 수많은 인파에 묻혀 사라지고 없었다. 민후는 당차게 하고 싶은 말을 내뱉고 사라진 여자가 멋지다는 생각이 드는 한편, 가족이나 다름없는 뮤 편을 들어 주지 못해 미안한 마음이 들었다.

많은 사람들 속에 서 있는 민후의 귀에 갑자기 소음이 증폭되어 날아들었다. 민후는 이를 악물며 하이퍼 타워 쪽으로 서둘러 걸음을 옮겼다.

하이퍼 타워 앞에서 민후는 고개를 젖히고 위쪽을 올려다보았다. 50층짜리 건물이 위압적으로 민후를 내려다보고 있었다. 1층으로 들어서자 안내 데스크 뒤쪽 벽면에 입주한 회사들 이름이 적혀 있었다. 1층부터 14층까지는 쇼핑몰과 여러 종류의 음식점들이 즐비했고 15층부터는 연구소나 병원이 주를 이루었다. 민후는 눈으로 이

비인후과를 찾았다.

'45층은 이터널 라이프, 49층은 제노크론 테크, 50층은 이터널 메모리……'

이름만으로는 정확히 무엇을 하는 곳인지 알 수 없었다. 40층 위로는 이름이 조금씩 다른 생체 공학 연구소였다.

민후는 안내 데스크를 향해 걸어갔다. 네모난 스크린에 이명이라는 글자를 검색하자 37층에 있는 '마인드 테라피 센터' 사진이 나타났다. 갈색 나무 문에 금박 테두리를 두른 고급스러운 이미지는 이비인후과가 아니라 값비싼 음식점 같아 보였다.

환자를 돈으로 보는 곳이라는 엄마 말이 떠올라 잠시 망설여졌다. 엄마와 상의도 없이 무턱대고 혼자 온 데다 지금 갖고 있는 돈으로는 약 한 알도 살 수 없을지 몰랐다. 약을 처방받을 수 있든 없든 민후는 일단 부딪쳐 보기로 했다. 무엇보다 지금 머릿속에 수백 마리의 매미가 들어앉은 것 같아 등줄기로 식은땀이 흘러내리고 있었다.

얼굴이 비칠 정도로 윤이 나는 대리석 바닥을 걸어 중앙 엘리베이터에 올라탄 민후는 37층에서 내렸다. 데스크에 앉아 있던 여자가 문을 열고 들어오는 민후를 보고 만들어진 미소를 지어 보였다. 민후가 이름을 말하며 처음 왔다고 하자 여자가 컴퓨터에 이름을 입력했다. 잠시 후 여자가 민후에게 안으로 들어가서 기다리라고 했다.

여자가 가리킨 곳으로 들어서자 사방이 확 트인 통창이 눈에 들어왔다. 하이퍼 타워 옆으로 흐르는 강줄기가 훤히 보였다. 탁 트인 전망을 보자 긴장했던 마음이 조금 풀어지는 것 같았다. 적당한 온도와 습기로 쾌적함이 느껴졌다. 먼지 하나 없는 깨끗하고 넓은 홀 안에 클래식이 흐르고 있었다. 어느새 이명이 사라지고 머릿속이 깨끗해졌다. 덕분에 마음이 차분해지며 여유가 생기자 주위를 둘러보게 되었다. 순간 낯익은 누군가와 눈이 마주쳤다. 버스에서 본 여자가 소파 끄트머리에 앉아 민후를 쳐다보고 있었다.

"어."

민후 눈이 저절로 커졌다. 까무잡잡한 피부와 살짝 금빛이 도는 갈색 머리카락 때문인지 여자는 더욱 이국적으로 느껴졌다. 후드 속에 얌전히 앉아 있던 뮤가 갑자기 바닥으로 훌쩍 뛰어내렸다. 마치 아는 사람을 만난 것처럼 쪼르르 달려가 여자 무릎에 뛰어올랐다.

"어머."

비명인지 감탄인지 모를 소리를 내뱉은 여자가 뮤의 오렌지색 머리를 자연스럽게 쓰다듬었다. 여자의 부드러운 손길에 기분이 좋은지 뮤가 눈을 가늘게 떴다. 느닷없는 뮤의 행동에 민후는 당황스러웠다.

"유지아 씨, 들어오세요."

이름을 듣고 여자가 일어나자 뮤가 다시 민후에게 돌아왔다. 여자가 살짝 미소를 지어 보이고 진료실로 들어갔다. 옅은 갈색 눈동자와 마주친 순간 민후는 왠지 여자를 오래전부터 알고 있던 것처럼 느꼈다. 얼어붙은 듯 굳어 있는 민후 어깨 위로 뮤가 올라왔다. 뮤에게서 꽃향기가 났다.

'유지아……'

달리기를 한 것처럼 심장이 마구 뛰었다.

잠시 후 민후는 자신의 이름을 부르는 소리에 뮤를 후드 속에 넣고 진료실로 들어갔다.

의사는 무표정한 얼굴로 스트레스를 주의하라며 약의 용량에 대해 말해 주었다. 의사를 보며 고개를 끄덕였지만 민후 머릿속은 지아로 꽉 차 있었다.

똑똑, 책상을 치는 소리에 현실로 돌아온 민후가 의아한 표정으로 의사를 쳐다보았다.

"우리 마인드 테라피에서 이명 환자에게 도움이 되고자 임상 연구를 하는 중인데 연구에 동의하시면 진료비나 약값은 모두 무료이니 잘 생각해 보세요. 피 검사나 간단한 검사 후 조건이 맞으면 더 심도 있게 연구에 참여할 수도 있고, 아니라면 간단한 설문 조사에 응하면 됩니다."

무료라는 말에 잠시 망설이던 민후가 대답했다.

"아, 그럼…… 한번 해 볼게요."

이 병원에 계속 다닌다면 앞으로 지아를 또 만날 수 있겠다는 생각이 들었다. 대신 엄마에게는 비밀로 해야겠다고 마음먹었다. 약을 받아 진료실을 나온 민후가 지아가 들어간 1번 방 앞을 기웃거렸지만, 방에서 나온 건 지아가 아니라 다른 사람이었다. 대기실을 둘러보았지만 어디에도 지아 모습은 보이지 않았다. 또다시 머리가 지끈거렸다. 지독한 이명이 시작되려는 느낌에 민후가 서둘러 입에 약을 털어 넣었다.

2
전학

"민후야, 얼른 아침 먹고 학교 가야지. 어머나, 뮤, 그러면 안 돼."

책상 위에서 노트를 찢고 있는 뮤를 본 엄마 눈이 동그래졌다. 위기를 느낀 뮤가 침대에서 자고 있는 민후 품을 파고들었다. 민후는 엄마 말을 못 들은 척 등을 돌린 채 눈을 감고 있었다. 엄마가 침대에 살짝 걸터앉아 민후 어깨를 흔들었다.

"민후야, 요즘 왜 그래? 혹시 잃어버린 기억 때문에 그런 거야? 엄마가 해 줄 수 있는 게 없어서 미안하다. 네가 요즘 엄마랑 말도 안 하고 눈도 안 마주치려고 하니까 걱정돼서 그래. 의사 선생님이 그러셨잖아, 스트레스받지 말고 느긋하게 생각하라고. 설령 기억나지 않으면 어때, 괜찮아."

마지막 말은 민후가 아니라 엄마 자신에게 하는 말로 들렸다.

'하긴, 엄마는 준후 때문에 괜찮지 않으니까.'

그렇게 생각하자 뜨거운 덩어리가 목구멍으로 올라왔다. 엄마는 걱정하는 것처럼 말하고 있지만 민후가 어떤 마음으로 학교를 다니는지, 어떤 하루를 보내는지, 왜 높은 곳을 오르고 뛰어내릴 때만 살아 있다고 느끼는지 모르고 있었다. 민후가 보기에 엄마는 그냥 관심이 없어 보였다.

"얼른 씻고 나와. 너 좋아하는 팬케이크 했어."

민후는 침대에서 일어나 앉았다.

"나 그거 별로라고 저번에도 말했는데요."

민후 말에 엄마는 당황한 표정으로 입술을 깨물었다.

"아, 그렇지. 엄마가 얼른 다른 거 해 줄게."

분명 팬케이크는 죽은 준후가 좋아한 음식이었을 거다. 민후 마음속에 실망인지 분노인지 모를 감정이 들끓었다.

"배 안 고파요."

민후는 거칠게 이불을 젖히고 일어섰다.

"거리감 느껴지게 왜 자꾸 존댓말을 하고 그래."

엄마는 그 원인을 제공한 사람이 엄마라는 걸 전혀 모르는 눈치였다. 민후는 이불을 확 걷어 내고 벌떡 일어났다. 그대로 엄마를 지나쳐 화장실로 들어갔다.

일부러 한참 후에 방으로 돌아오는데 안방에서 엄마가 출근 준비를 하는 소리가 들렸다. 방으로 들어온 민후는 학교에 있는 동안 뮤가 심심하지 않게 장난감을 바닥에 늘어놓았다. 머리 회전이 빠른 뮤는 민후가 학교에 간다는 걸 눈치채고 얌전히 장난감을 건드리며 놀았다.

밥 먹고 가라는 엄마 말을 뒤로하고 민후는 집을 나왔다. 학교가 가까워질수록 등교하는 아이들도 많아졌다. 민후는 앞서가는 한 무리의 아이들과 떨어져 멀찌감치 거리를 두고 걸었다. 학교에 가기 싫었지만 그렇다고 딱히 갈 곳이 있는 것도 아니었다.

"강민후."

누군가 뒤에서 민후 어깨를 건드렸다.

"어, 태오구나."

재미없는 학교지만 그래도 태오가 있어 여러모로 학교생활을 하는 데 도움을 많이 받고 있었다. 태오는 민후 어깨에 팔을 둘렀다. 그러고는 중요한 말을 하려는 것처럼 손으로 입을 가리며 목소리를 낮추었다.

"오늘 우리 반에 여자애 한 명 전학 온다던데?"

말 많고 오지랖 넓은 태오는 소식도 그만큼 빨랐다.

"그렇구나."

"자식, 반응이 왜 이래. 남자가 아니고 여자라고, 여자."

태오가 어깨에 두른 팔을 거두고 민후를 쳐다보았다.

"그래, 알았어. 가자."

민후는 태오 등을 툭 쳤다. 누가 전학을 오든 말든 관심 없지만 태오 말대로 살짝 궁금하기는 했다.

시끌벅적한 교실 문을 열고 들어섰다. 차가운 바깥 공기와 달리 아이들이 내뿜는 열기로 교실 안은 후끈했다.

"참, 1교시 과제 좀 보여 주라."

자리에 앉자마자 태오가 민후 가방을 빼앗다시피 가져갔다.

"각자 생각을 묻는 건데 어떻게 보여 줘."

민후가 황당한 표정을 짓자 태오가 풀 죽은 목소리로 말했다.

"난 생각하는 게 젤 싫더라. 동물 복제 서비스가 필요하면 하는 거고, 하고 싶지 않으면 안 하면 되지. 그렇게 간단한 걸 가지고 뭘 자기 생각을 써 오래."

태오가 투덜거렸다. 반려동물을 떠나보낸 사람들에게 똑같은 동물로 복제를 해 주는 서비스인 컴펫을 두고 환영하는 사람도 있지만 복제 자체에 거부감을 느끼고 반대하는 사람도 많았다. 선생님은 며칠 전에 반려동물 복제에 대한 생각을 써 오라는 과제를 내준 참이었다.

과제가 별로이기는 민후도 마찬가지였지만 복제 원숭이인 뮤를 데리고 있어 그냥 넘기면 안 될 것 같았다. 어쩔 수 없이 민후는 뮤와 지내면서 느꼈던 여러 가지를 진솔하게 적어 오기는 했지만 남들에게 보여 주는 건 싫었다.

"민후야, 오늘 하이퍼 타워에 게임하러 가자. 새로 나온 게임 렌즈 끝내준다더라."

태오가 광고지를 보여 주었다. 홀로그램 게임을 하는 광고지였다.

"야, 넌 어차피 비싸서 게임 렌즈도 못 살 텐데 맘 아프게 그딴 건 왜 갖고 다녀."

옆을 지나가던 준이가 태오가 들고 있던 광고지를 빼어 들고 비웃었다. 준이 옆에 서 있던 몇몇이 킥킥거렸다.

"아하, 오늘부터 3일간 무료 게임이네? 공짜라서 간다는 거였구나. 그럼 그렇지, 공짜 게임 많이 하고 와라. 아, 체험판이라 똥 누다 끊긴 느낌 들 텐데 어쩌냐, 히히."

준이가 던지듯 주고 간 광고지가 책상 위로 팔랑 내려앉았다. 태오 표정이 얼음처럼 굳었다. 민후가 그런 태오를 흘깃 쳐다보았다. 태오가 피식 웃으며 민후를 보았다.

"체험판이든 뭐든 해 보는 게 중요한 거지. 안 그러냐? 우리 수업 끝나고 같이 가는 거다. 약속했어."

일방적으로 내뱉은 태오의 말에 기가 막혔지만 민후까지 거절하면 안 될 것 같았다. 어쩔 수 없이 민후는 고개를 끄덕이고 말았다. 심각한 표정으로 민후 눈치를 보던 태오가 그제야 활짝 웃었다. 민후는 어린애 같은 태오가 단순해 보이기도 했지만, 한편으로는 남의 말에 상처받지 않고 금방 털어 버리는 성격이 부럽기도 했다.

앞문이 열리고 담임이 들어왔다.

"내 말이 맞지?"

태오가 앞쪽을 바라보며 턱짓을 했다. 민후가 고개를 들고 앞을 보았다. 담임 옆에 까무잡잡한 얼굴에 머리를 높이 올려 묶은 여자아이가 서 있었다. 순간 민후 눈이 휘둥그레졌다. 화장기가 사라진 얼굴은 훨씬 어려 보였지만 자신감 가득한 눈매는 그대로였다. 마인드 테라피 센터에서 만났던 그 여자였다.

'유지아…….'

민후는 날뛰는 심장을 가라앉히기 위해 티 나지 않게 숨을 들이마셨다 내쉬었다.

"오늘 전학 온 친구다. 학교가 낯설 테니 너희들이 학교 안내도 좀 해 주고, 잘 대해 주도록."

담임 말이 끝나자 지아가 입을 열었다.

"반가워. 유지아라고 해. 잘 부탁한다."

군더더기 없는 간단한 인사말이었다. 상상했던 지아 목소리를 직접 들으니 묘한 기분이 들었다. 이국적인 외모에 아이들이 수군거렸다.

"오, 우리 반 여자애들 긴장 좀 하겠는데."

태오 말에 민후가 주위를 돌아보았다. 과연 헤벌쭉 웃는 남자아이들과 무덤덤한 여자아이들의 표정은 사뭇 달랐다. 남자아이들의 환호하는 박수 소리가 잦아들자 담임이 임시로 자리를 정해 주고 교실을 나갔다. 지아 자리는 민후가 있는 줄 맨 끝자리였다.

지아는 아직 민후를 알아보지 못한 것 같았다. 지아가 가까이 다가올수록 입술이 바싹 마르고 손바닥에 땀이 배어 나왔다. 괜히 바쁜 척하며 가방을 뒤지다 손에 잡히는 노트를 책상에 올려놓았다.

"강민후, 과제 잠깐 보기만 할게."

태오가 재빠르게 책상 위에 있던 노트를 집어 들고 읽기 시작했다.

"야, 내놔."

민후가 뺏으려고 손을 뻗는데 어느샌가 다가온 준이가 잽싸게 노트를 낚아챘다. 당황한 태오가 자리에서 일어났지만 준이는 저만치 뛰어가며 큰 소리로 과제를 읽어 내려갔다.

"가족과 다름없던 반려동물이 복제 서비스를 통해 다시 가족의 품으로 돌아와 위안과 행복을 주고 있다. 복제 동물을 바라보는 안 좋은 시선들도 많지만 우리와 똑같이 살아 있는 생명으로서……. 뭐야, 너 복제 찬성파였어? 이 새끼, 뱃속에 악마가 도사리고 있었구만."

준이가 범인을 잡은 형사처럼 눈을 가늘게 뜨고 빈정거렸다. 순간 교실에 정적이 흘렀다.

"악마라니, 헛소리하지 말고 과제나 내놔."

민후가 벌떡 일어나 준이를 쏘아보았다.

"동물 복제는 자연의 섭리를 거스른 악마의 짓거리야. 죽은 개가 복제된 개랑 같다는 거냐? 원본과 카피는 엄연히 달라. 만약 너랑 똑같은 사람이 있다고 쳐. 그게 너야? 그건 널 닮은 껍데기에 불과해. 그냥 사람의 탈을 쓴 껍데기라고. 일겠냐?"

준이 얼굴이 민후에게 바싹 다가왔다.

"나랑 똑같은 사람이 있다면 그건 당연히 내가 아니야. 하지만……."

민후는 반박할 말이 머릿속에 뱅글뱅글 돌 뿐 입 밖으로 나오지 않았다.

"너 수준이 이거밖에 안 되는구나?"

어느새 다가온 지아가 준이를 보며 비꼬았다. 민후는 할 말을 하지 못했다는 수치심과 구겨진 자존심으로 얼굴이 붉게 달아올랐다. 버스에 이어 벌써 두 번째였다.

"어쭈, 새로 전학 온 주제에 말이 많네? 네가 잘 모르나 본데 나는……."

준이가 으스대듯 턱을 치켜드는 순간 뒷자리에 앉아 있던 주호가 두 손으로 준이 팔을 꽉 잡았다.

"시끄러워서 음악을 못 듣겠다. 좀 조용히 해 줄래?"

주호에게 팔이 잡힌 준이가 벗어나려고 몸을 비틀었지만 옴짝달싹 못 하고 그대로 잡혀 있었다. 덩치도 크고 힘센 주호를 당해 낼 사람은 아무도 없었다. 주호가 손아귀에 힘을 주자 준이가 버둥거리다 소리를 질렀다. 공부는 못해도 불의를 보면 못 참는 성격은 주호가 반에서 1등이었다.

"조용히 해라. 음악 좀 듣자고……. 형이 지금 꽂힌 노래가 있거든."

주호가 준이를 끌다시피 데려가 자리에 앉혔다.

"아아, 알았어. 이거 놔. 알았다고."

준이가 몸을 비틀며 얼굴을 찡그렸다. 주호가 준이가 들고 있던 노트를 빼앗아 민후에게 건네주었다.

지아가 어이없는 표정으로 제자리로 걸어갔다. 첫 대면부터 두 번째인 오늘까지 인상을 구겼다는 생각에 민후는 자존심이 상했다.

"괜히 나 때문에 미안해."

태오가 민후 눈치를 보며 자리에 앉았다.

"괜찮아, 잊어버려."

민후는 무덤덤한 목소리로 말한 후 뒤를 돌아보았다. 지아가 가방에서 책을 꺼내고 있었다. 전학 첫날인데도 주눅 들지 않고 할 말을 다 하는 당찬 성격이 부러웠다. 한편으로는 가까워지려면 시간이 좀 필요하겠다는 생각에 씁쓸했다. 그래도 누군가와 친해지고 싶은 마음이 든 건 처음이었다. 늘 썰렁하던 교실 공기가 히터를 켠 것처럼 후끈했다.

"야, 혼자 왜 웃어? 너 웃는 거 처음 본다."

"웃긴 누가 웃었다고 그래."

태오 말에 민후는 표정을 가다듬고 책을 펼쳤다.

3
구름다리

지아가 전학을 온 지 일주일이 흘렀다. 민후는 무덤덤한 척, 안 보
는 척했지만 계속 지아에게 신경이 쓰였다. 목소리가 들릴 때마다
저절로 눈길이 지아에게 향했다. 그러다 눈이 마주쳐 얼른 고개를
돌린 적도 여러 번이었다. 민후는 처음으로 몸을 마음대로 제어할
수 없는 경우도 있다는 걸 깨달았다.

교실 뒤편 남은 자리에 혼자 앉아 있던 지아는 오늘 아침 담임이
새로 정해 준 앞자리로 옮겨 앉았다. 하필 민후가 앉은 자리에서 딱
보이는 대각선 자리라 안 보려고 해도 지아 모습이 그대로 눈에 들
어왔다. 두 눈이 아예 지아가 앉은 방향으로 고정된 것 같아 하루 종
일 곤욕스러웠다.

지아는 일주일이 흘렀지만 다른 여자아이들과 수다를 떨거나 크
게 웃는 모습은 볼 수 없었다. 그저 자리에 앉아 음악을 듣거나 손바

닥만 한 노트에 무언가를 끄적이는 게 다였다. 민후만큼 지아도 학교생활이 지루하고 재미없어 보였다.

순식간에 수업이 끝나고 담임이 들어왔다.

"오늘부터 수, 목, 금 3일 동안 청소 당번 정하는 날이지."

담임은 두 명씩 짝을 지어 주었다. 두 사람씩 맡은 구역을 3일 동안 깨끗하게 청소해야 했다.

"자, 다음, 주하랑 성균이는 교무실, 강민후와 유지아는 도서관……."

지아가 고개를 돌리는 바람에 민후와 눈이 마주쳤다. 민후는 죄지은 것도 아닌데 얼른 눈길을 피했다.

"오올, 지아랑 단둘이 청소를 하다니. 이건 하늘이 내려 주신 기회다, 기회!"

태오가 민후 등을 툭 쳤다.

"기회는 무슨……, 됐어."

민후는 아무렇지도 않게 말했지만 목소리 끝이 가늘게 떨렸다. 태오가 눈치채지 않길 바랐다. 모든 걸 안다는 듯 태오가 눈을 가늘게 뜨고는 흐흐, 소리를 내며 느물거렸다.

담임이 나가자, 아이들이 책가방을 챙기는데 지아는 그새 도서관으로 갔는지 보이지 않았다.

"이 형님이 교실에서 기다리고 있을 테니까 청소 끝나면 바로 와."

태오가 다짐을 받듯 민후에게 고개를 들이밀었다.

"오늘도 게임하러 가자고?"

민후는 어쩔 수 없이 태오를 따라 두 번 정도 하이퍼 타워에 갔었지만 게임 센터가 너무 시끄럽고 복잡해 더는 가기 싫었다. 집에서 그냥 쉬고 싶었다.

"다른 날은 몰라도 오늘은 꼭 가야 돼. 정식 오픈 날이라 선착순으로 몇 명만 레어 아이템을 받을 수 있단 말이야. 오늘만 가자, 응?"

선착순이라면 학교 끝나고 부리나케 간다고 해도 가능성이 희박했다. 더군다나 청소까지 끝내고 가야 하는데 당연히 아이템을 받지 못할 것이다.

"게임 렌즈도 없으면서 레어 아이템 받아서 뭐 하려고? 게다가 선착순이라며. 그럼 오늘은 다른 애랑 가."

"민후 너랑 가는 게 제일 마음 편해."

민후는 아이들에게 무시당하는 태오가 안 되어 보인 데다 짝이라서 그럭저럭 친하게 지내고 있었다. 태오도 민후를 그런 식으로 대하는 줄로만 알았는데 '마음이 제일 편하다'는 말은 의외였다. 민후 귀에 그 말이 '너 아니면 안 된다'는 말로 들렸다.

"그래, 알았어. 그럼 오늘 하루만 더 같이 가 주는 거다."

"고맙다, 친구야."

태오가 껴안으려고 달려들었다.

"뭐야, 징그럽게."

민후는 태오를 와락 밀어냈다. 하지만 행동과는 달리 친구라는 말이 싫지 않았다.

"후딱 와. 교실에 있을게."

태오 말에 민후가 손을 들어 보이고 교실을 나왔다.

아이들이 빠져나간 텅 빈 복도를 걸으며 지아랑 어색하지 않게 무슨 말을 할까 생각하고 또 생각했다. 단둘이 한 공간에 있는 건 처음이었다. 민후는 하얗게 변해 버린 머릿속이 지끈거렸다. 아무리 생각해도 좋은 생각이 떠오르지 않았다.

'어떻게든 되겠지. 그냥 생각나는 대로 말하는 게 낫겠어.'

교실과 교무실이 있는 A동과 도서관, 음악실, 보건실 등 특별 교실이 있는 B동은 5층에 있는 구름다리로 연결되어 있었다. 별로 높지도 않은데 다리에 '구름'이라는 이름이 왜 붙었을까 궁금했던 적이 있다. 하지만 구름다리에 서 있으면 그 이유를 단박에 알 수 있다.

학교 지대가 높아 5층인데도 높은 빌딩 위에 있는 느낌이다. 멀리 시선을 두면 마치 하늘에 붕 떠 있는 기분이 들기도 한다. 멀지 않은 곳에 마인드 테라피 센터가 있는 하이퍼 타워를 중심으로 빌딩들이 숲을 이루고 있고, 그 주위를 낮은 집들이 원형으로 에워싸고 있는 모습은 얼핏 거대한 나스카 라인 같기도 하다.

민후는 학교에서 이곳을 가장 좋아했다. 한눈에 보이는 경치도 좋지만 일부러 5층까지 올라오는 사람이 드물어 유일하게 학교에서 가장 조용하고 한적한 곳이었다. 모든 소리가 사라진 공간에는 민후가 좋아하는 냄새만 남아 있었다. 흙냄새, 나뭇잎 냄새, 바람 냄새들이 민후 마음을 편안하게 해 주었다. 이곳에 있으면 저절로 몸과 마음에 에너지가 채워졌다.

민후는 뛰다시피 계단을 올라 5층 복도를 걸었다. 구름다리로 나가는 문이 보였다. 문 앞에 서서 출입증 패널에 학생증을 갖다 대자 띠릭, 신호음이 들렸다. 민후는 두근거리는 마음으로 힘껏 문을 열어젖혔다. 갑자기 묵직한 느낌 뒤로 날카로운 비명이 울려 퍼졌다. 지아가 바닥에 쓰러져 있었다.

"앗, 괜찮아?"

당황한 민후가 손을 내밀었지만 지아는 손을 잡지 않고 민후를 쏘아보았다.

"문을 그렇게 세게 열면 어떻게 해."

지아 눈빛이 얼음처럼 차가웠다. 까진 무릎에서는 피가 비쳤다. 바닥에 흩어진 책들을 주우려고 허리를 숙인 순간 지아의 목 밑으로 푸르스름한 멍 자국이 보였다. 언뜻 손가락 자국 같았는데 눈길을 눈치챈 지아가 얼른 옷을 여미고 자리에서 일어섰다.

"미안하다. 일부러 그런 게 아니고……."

민후는 변명 아닌 변명을 하며 바닥에서 주섬주섬 책을 주웠다. 지아가 얼굴을 찡그리며 민후를 보았다.

"보건실에 가 봐야 할 것 같은데, 네가 대신 책 좀 옮겨 줄래? 이 책들, 파손된 거라서 분리수거함에 가져다 놓으면 된대."

지아 손바닥에서도 긁힌 자국 위로 옅은 피가 배어 나왔다.

"알았어. 책은 내가 가져갈게."

민후가 주머니에서 휴지를 꺼내 지아에게 건넸다.

"어차피 보건실에 갈 거야. 그럼 부탁해."

높낮이가 느껴지지 않는 차가운 목소리로 지아가 말했다. 갑자기 불어온 바람에 쏴아아, 나뭇잎들이 흔들리는 소리가 파도 소리처럼 들렸다. 그리고 저 멀리 학교 운동장에서 뛰어다니며 공을 차는 아이들 목소리가 들렸다.

'어…….'

민후가 눈을 둥그렇게 뜬 채 주위를 둘러보았다.

지저분한 잡음이 섞인 소리가 아닌 맑고 깨끗한 소리였다. 이토록 생생하고 선명하게 아이들의 목소리가 들린 건 처음이었다. 민후 몸이 얼음처럼 그대로 굳었다. 지아가 문 뒤쪽으로 떨어진 책을 줍고 있었다.

손에 들고 있는 책에서 책장들이 바람에 넘어가는 소리가 또렷하게 들렸다. 어째서 이렇게 선명하게 들리는 건지 당혹스러웠다.

"너 괜찮아?"

지아가 얼굴을 들이미는 바람에 깜짝 놀란 민후는 뒤로 한 걸음 물러섰다. 심장이 밖으로 튀어 나갈 것처럼 세차게 뛰었다.

"뭘 그렇게 놀라."

지아가 빙그레 웃자 왼쪽 뺨에 보조개가 보였다. 민후는 멍한 표정으로 간신히 고개만 끄덕였다.

"나, 손목을 다쳤나 봐. 아무래도 청소는 무리일 것 같아."

지아가 손목을 문지르며 민후를 보았다.

"그래, 사서 선생님한테는 내가 말할게."

민후는 미안한 마음이 들어 뒷머리를 긁적였다.

"그럼 먼저 갈게."

지아는 보건실을 향해 몸을 돌렸다. 어깨까지 내려오는 지아의 머리카락이 춤을 추듯 바람에 나풀거렸다. 보건실이 있는 B동 건물 안으로 지아가 사라지자 민후는 들고 있던 책들이 갑자기 무겁게 느껴졌다. 책 더미를 들고 두세 걸음을 걷는데 주파수를 잘못 맞춘 것처럼 귓속에 다시 옅은 잡음이 들렸다. 민후가 얼굴을 찡그렸다.

민후는 나직하게 한숨을 내쉬었다. 분리수거함으로 가려는데 눈앞에 무언가 반짝하는 게 보였다. 금색으로 둘러싸인 노란색 교복 단추였다. 문에 부딪치면서 바닥에 떨어진 지아의 단추인 모양이었다. 민후는 단추를 주워 주머니에 넣었다.

책 더미를 안은 채 문을 여는데 갑자기 날카로운 이명이 귓속을 파고들었다. 점심을 먹고 약을 깜빡한 게 떠올랐다. 머릿속을 갉아 대는 쇠 긁는 소리에 들고 있던 책 더미를 떨어트리고 말았다. 책들이 바닥에 부딪히는 소리가 폭탄 터지는 굉음이 되어 머릿속을 뒤흔들었다. 눈앞이 하얘지며 등줄기로 식은땀이 흘러내렸다. 허겁지겁 주머니에서 알약을 찾아 물도 없이 씹어 삼켰다.

민후는 그대로 자리에 주저앉아 고개를 파묻었다. 아무도 없는 구름다리 위라 다행이라는 생각이 들었다. 아이들에게 이런 모습을 보여 주기는 싫었다. 마인드 테라피 센터에서 받은 약은 그전 약보다 효과가 좋았다. 알약은 삼킨 지 얼마 되지 않았는데 이명이 금세 사라졌다. 병원을 옮기길 잘했다는 생각이 들었다. 앞으로 마인드 테라피 센터를 계속 다니려면 임상 연구인지 뭔지 참여해야겠다고 마음먹었다.

'어차피 지아도 다니는 곳이니 잘됐네.'

어쩌면 지아와 시간을 맞추어 병원에 같이 다닐 수도 있다. 순간 지아는 무슨 일로 병원에 다닐까 궁금했지만 친해지면 자연스레 알게 될 것이라고 생각했다.

민후는 이마에 맺힌 식은땀을 닦으며 자리에서 일어섰다. 바닥에 흩어진 책들을 그러모아 분리수거함으로 가져다 놓고 서둘러 도서관으로 뛰었다.

사서 선생님에게 지아가 다쳐 보건실에 갔다는 말을 하고 민후 혼자 도서관 청소를 했다. 혹시나 다시 오지 않을까 수시로 도서관 문쪽을 돌아보았지만 결국 청소를 끝마칠 때까지 지아는 나타나지 않았다. 지아가 많이 다친 건 아닌지 미안함과 걱정으로 마음이 복잡했다. 쓰레기통을 비우고 바닥을 쓸었다. 그다음 책장에 내려앉은 먼지를 닦고 책 정리를 했다. 혼자 하려니 청소 시간이 너무 길게 느껴졌다.

4
하이퍼 타워

민후는 터덜터덜 텅 빈 복도를 걸어 교실 문 앞에 섰다. 뒷문을 열자 게임에 열중하고 있던 태오가 벌떡 일어났다.

"왜 이렇게 늦게 와. 지아랑 오래 있으려고 일부러 천천히 청소한 거 아냐?"

태오가 가늘게 눈을 뜨고 민후를 쳐다보았다.

"아니야, 인마."

민후가 가방을 챙기며 대답했다.

"데이트는 잘했냐? 어땠어? 얘기 좀 해 봐."

"시끄러. 늦었다며 빨리 가자."

민후는 먼저 가방을 들고 교실을 나섰다.

"뭐야, 표정이 왜 이래. 얼굴 빨개진 것 같은데? 지아랑 무슨 일 있었지? 형한테 솔직히 말해 봐."

태오가 뒤에서 민후 어깨를 잡았다.

"뭘 솔직히 말해. 레어템 받으려면 빨리 가야지. 선착순이라며."

민후는 걸음을 빨리했다. 태오가 민후 뒤를 급히 따라나섰다.

"야, 여자에 관해서라면 뭐든 물어봐. 너보다는 내가 낫지. 너 지아 좋아하지? 말 안 해도 형 눈엔 다 보여."

태오가 자신만만한 표정으로 민후를 보며 씨익 웃었다. 민후는 대꾸를 하려다 입을 다물고 텅 빈 복도를 걸었다.

'잘 갔겠지……'

민후는 바닥에 넘어진 지아 모습을 떠올리며 조심성 없게 문을 열어 버린, 바보 같은 행동을 후회했다.

"뭘 그렇게 생각해? 지아 생각하지? 내 머릿속엔 게임뿐인데 넌 생각할 여자도 있고 부럽다."

태오 말에 민후는 뜨끔했다.

"넌 매일 하이퍼 타워까지 가는 거 귀찮지도 않냐? 차라리 돈을 모아서 게임 렌즈를 하나 사."

민후가 태오를 흘깃 쳐다보았다.

"그 비싼 걸 무슨 수로 사. 내 용돈 10년 모아도 안 될걸? 이제 공짜로는 못 해서 아쉽긴 하지만 그냥 돈 조금 내고 하면 되지. 헉, 시간이 벌써 이렇게 되었네. 민후야, 뛰자."

시계를 본 태오가 운동장을 뛰기 시작했다. 민후도 태오 뒤를 쫓았다. 귓속으로 바람이 스치는 소리가 들렸다.

학교 앞 정류장에서 전기 버스를 타고 게임 센터가 있는 하이퍼 타워 앞에서 내렸다. 태오와 나란히 걷던 민후가 우뚝 걸음을 멈추었다. 의아해하는 얼굴로 태오도 걸음을 멈추었다. 태오가 민후가 보고 있는 방향으로 고개를 돌렸다. 길 건너편에 지아가 서 있었다.

"어, 쟤 지아 아냐? 우와, 저 슈퍼 카에서 내린 거 맞지? 저거 우리나라에 딱 세 대 있다는 그 자동차잖아. 어째서 유지아가 저 차에서 내린 거냐."

검은색 자동차의 매끄러운 표면이 거울처럼 반짝거렸다. 자동차 보닛 위에 겹친 모양의 삼각형 엠블럼은 차에 대해 잘 모르는 사람이 보아도 고가의 명품 차라는 걸 단박에 알 수 있게 했다. 사람들이 자동차를 힐긋거리며 지나갔다. 지아는 자동차 운전석에서 내리는 남자를 기다리며 서 있었다.

"지아야, 유지아!"

갑자기 태오가 지아를 보며 손을 흔들었다. 당황한 민후가 태오 팔을 붙잡았지만 이미 이름을 알아들은 지아가 민후 쪽을 쳐다보았다. 민후는 얼굴이 후끈 달아올랐다.

"혼자도 아니고 다른 사람이랑 있는데 왜 알은척을 해."

민후가 민망한 목소리로 태오를 보았다.

"학교 말고 밖에서 친구를 만나니까 엄청 반갑다, 그치? 게다가 저런 슈퍼 카를 언제 가까이서 보냐. 민후야, 지아가 기다리는 것 같은데 얼른 가 보자."

태오는 지아가 반가운 게 아니라 명품 자동차가 반가운 걸로 보였다. 민후는 벌써 지아에게 손을 흔들며 길을 건너고 있는 태오 뒤를 급히 따라갔다.

"어머, 너희들 여기에 웬일이야?"

지아가 생각보다 반가운 목소리로 태오와 민후를 번갈아 보았다.

"안녕하세요."

태오는 다짜고짜 지아 옆에 있는 남자에게 허리를 숙이며 인사했다. 민후도 얼떨결에 같이 고개를 숙였다. 멋진 회색 정장을 입은 남자는 한눈에도 성공한 사람 같았다. 남자는 태오와 민후를 보며 중후하고 매력적인 미소를 지었다.

"우리 지아 친구들이구나. 만나서 반갑다. 지아가 학교에서 손목을 다치는 바람에 병원에 온 참이야. 오늘 학교에서 다쳤다는데 어쩌다 다쳤는지 말을 안 해서 캐묻는 중이었어. 허허."

지아가 손목을 다친 이유를 말하지 않은 모양이었다. 지아 아빠말에 민후는 긴장이 되었다. 민후는 왜 말을 안 했냐는 뜻을 담아 지아를 슬쩍 쳐다보았다.

"아빠, 저 혼자 다친 거라 애들은 몰라요. 예약 시간 다 되었는데 어서 가요."

지아가 아빠 팔을 살짝 잡았다.

"지아가 이렇게 학교에서 있었던 일을 절대 말을 안 해 줘서 너희들이 보다시피 늘 나만 전전긍긍하는 아빠가 된단다."

지아 아빠가 아쉬운 듯 말끝을 내렸다. 어디서 많이 본 듯한 인상에 금테 안경 너머로 보이는 눈주름이 보기 좋았다. 하지만 왠지 자상하고 부드러운 표정 속에서도 눈빛은 날카로워 보였다. 그래서 그런지 민후는 넌지시 쳐다보는 지아 아빠와 눈이 마주치자 저절로 어깨가 움츠러들었다.

"참, 너희도 바쁠 텐데 내가 쓸데없이 말이 길었다. 어디 가는 중이었니?"

지아 아빠가 금테 안경을 올려 쓰며 말했다.

"저희는 하이퍼 타워 1층에 새로 생긴 게임……."

태오는 지아 아빠가 게임을 좋아하지 않을지도 모른다는 생각이 들자 말하다 말고 입을 다물었다.

"게임 렌즈가 새로 나왔다던데 그걸 사러 가는 모양이구나."

지아 아빠가 알은체하며 태오를 보았다.

"우와, 게임 렌즈를 아세요? 그런데 너무 비싸서 사는 건 꿈도 못 꿔요. 그냥 빌려서…… 하려고요."

태오가 뒷머리를 긁으며 멋쩍게 웃었다. 민후는 그만하고 가자는 뜻으로 태오 팔을 툭 쳤다.

"하긴 아무리 획기적인 제품이라 해도 출시 가격이 높으면 아무래도 많은 사람들이 즐기지 못하는 단점이 있지. 만약 게임 렌즈에 관심 있으면 연락해라. 아는 분이 만든 신제품이라 공짜는 아니더라도 많이 할인된 가격에 살 수는 있을 거다."

태오가 눈이 동그래진 채 민후를 쳐다보았다. 지아 아빠는 입고 있는 옷도 구두도 머리부터 발끝까지 모두 고급스러워 보였다. 민후는 문득 지아 아빠가 무얼 하는 사람일까 궁금해졌다. 마침 지아 아빠가 지갑에서 명함을 꺼내 두 사람에게 한 장씩 나누어 주었다. 투명한 재질의 명함에 '제노크론 테크, 대표 유명우'라는 글자가 박혀 있었다.

'유명우⋯⋯.'

불현듯 여러 번 방송에서 들었던 이름이라는 생각이 머리를 스쳤다. 늘 유명우라는 이름 끝에 유전자, 클론 등의 수식어가 붙는 생체공학 박사. 그제야 민후는 지아 아빠 얼굴이 왜 낯이 익은지 알 것 같았다.

"우와, 감사합니다."

태오는 사 준다고 한 것도 아닌데 지아 아빠에게 90도로 허리를 꺾으며 인사를 했다.

"하하, 그래. 사려거든 언제든지 연락해. 부모님 걱정하시니까 너무 늦게까지는 놀지 말고 일찍들 들어가고. 그럼 다음에 또 보자. 지아야, 친구들한테 인사해야지?"

지아 아빠가 푸근한 미소를 지으며 지아를 보았다.

"잘 가."

민후는 안녕도 아니고 내일 보자도 아닌 그냥 잘 가라는 지아의 간단한 인사말이 서운하게 들렸다. 빌딩 앞으로 휙 바람이 불었다. 순간 지아의 머리카락이 바람에 흐트러지며 목이 훤히 드러났다. 다시 지아의 머리카락이 목을 덮었지만 민후는 목과 이어진 쇄골에 남아 있던 푸르스름한 멍 자국을 또렷하게 보았다. 양쪽에 찍혀 있던 손가락 모양의 멍은 엄지와 검지가 분명했다. 제 손으로 저런 멍 자국을 만들기는 어려웠다.

민후는 아빠를 따라 하이퍼 타워 안으로 들어가는 지아의 뒷모습을 보며 무언가 마음속을 무겁게 짓누르는 느낌을 받았다. 학교에서 보다 더 어둡고 당황해하는 지아 표정이 왠지 마음에 걸렸다. 부녀의 뒷모습에서 왠지 모를 불안한 기운이 느껴졌다. 그렇게 생각하자 아빠와 딸이 그다지 친해 보이지 않는다는 생각도 들었다. 씁쓸한 마음으로 주머니에 손을 넣었는데 손끝에 단추가 만져졌다.

"태오야, 잠깐만 기다려."

"뭔데, 왜 그래?"

태오 말을 무시하고 민후는 하이퍼 타워를 향해 급히 뛰었다.

하이퍼 타워의 넓은 로비에 들어선 민후가 지아를 찾아 두리번거렸다. 중앙 엘리베이터 앞에 지아와 지아 아빠가 서 있는 게 보였다.

"지아야, 유지아!"

민후 목소리에 지아가 뒤를 돌아보았다. 지아가 아빠에게 잠깐 기다리라는 듯 말을 하고는 곧바로 민후에게 걸어왔다.

"무슨 일이야?"

지아는 불안이 가득한 눈으로 민후에게 다가왔다.

"이 단추 네 거지?"

민후는 지아 손바닥 위에 노란색 단추를 올려놓았다. 민후의 손가락 끝에 따스한 감촉이 전해졌다. 민후가 황급히 손을 거두었다.

"고마워."

말과는 반대로 지아의 감정이 전혀 느껴지지 않았다. 민후는 돌아서는 지아에게 용기를 내어 입을 열었다.

"병원 치료 끝나고 같이 여기서 게임할래?"

지아가 아빠가 있는 쪽을 힐긋 돌아보았다.

"나중에. 단추 고마워. 그만 가야겠다."

지아는 무슨 뜻인지 읽을 수 없는 미묘한 표정으로 아빠에게 뛰어갔다. 아빠가 하는 말에 지아가 고개를 좌우로 흔드는 모습이 보였다. 지아 아빠도 아까와는 달리 표정이 굳어 있었다. 내일 학교에서 전해 줄 걸 괜히 지아에게 말을 걸었나 싶어 민후는 마음이 안 좋았다. 엘리베이터 문이 열리고 두 사람이 올라탔다.

"후……."

민후 입에서 길게 한숨이 새어 나왔다.

"뭔데 그래?"

어느새 옆으로 다가온 태오가 민후 어깨를 잡았다.

"아까 학교에서 지아 단추를 주웠거든. 그거 전해 줬어."

민후는 괜히 바닥을 툭툭 찼다.

"내일 학교에서 주면 되지, 굳이……. 그새 보고 싶은 걸 못 참고……. 미안하다. 형이 눈치를 못 챘네."

태오가 놀리듯 말하며 히죽 웃었다.

"그런 거 아니라니까. 그런데 태오야, 지아랑 아빠 사이가 별로인 것 같지 않아?"

심각하게 묻는 민후 얼굴을 보고 태오가 피식 웃었다.

"야, 나도 우리 엄마 아빠랑 안 친해. 같이 저녁 먹은 지가 언제인지 까마득하다."

"하긴, 나도 그렇긴 해."

태오 말에 민후가 맞장구를 쳤다. 민후는 서랍에서 준후 사진을 발견한 뒤로는 일부러 늦게 집에 들어갔다. 요즘은 낡은 꽃집 인테리어를 다시 한다며 엄마가 늦게 들어오는 바람에 함께 저녁을 먹은 지가 언제인지도 까마득했다. 그러고 보면 다른 사람들 눈에 민후도 엄마와 친한 사이처럼 보이지는 않을 거란 생각이 들었다. 지금은 사고로 기억을 잃었지만 그전에는 엄마와 어떻게 지냈을까 문득 그런 생각이 들었다.

"너, 지아가 머릿속에 계속 맴돌고 지금 뭐 하나 궁금하지? 자식, 지아한테 푹 빠졌네. 하긴 지아가 당차고 톡톡 튀는 매력이 있긴 하지. 나는 지아랑 정반대 스타일을 좋아하거든. 다행인 줄 알아라. 내가 충고 하나 해 줄까? 지아 은근 인기 많다. 경쟁자 생기기 전에 네가 먼저 고백해. 아, 선착순 레어템은 끝났고, 게임이나 하러 들어가자."

로비의 오른쪽 끝에 있는 게임 센터 앞으로 이미 길게 늘어선 줄이 보였다.

"난 여기서 기다릴게. 게임 다 하고 나와."

민후가 구석에 있는 의자를 가리켰다. 하이퍼 타워의 굵은 대리석 기둥에 가려져 사람도 없고 늘 비어 있는 곳이었다.

"또 그냥 기다리려고? 그럼 내가 너무 미안하잖아. 딱 한 번만 해 보라니까. 아무것도 하지 않으면 아무 일도 일어나지 않는다는 말 모르냐. 너 사는 게 재미없다며. 이 게임 한 번만 해 봐. 새로운 세상이 열릴 거야. 내가 장담한다."

태오가 제 가슴을 팍팍 쳤지만 민후가 고개를 저었다.

"어휴, 알았다."

태오는 민후가 이명으로 고생하고 있는 걸 알기 때문에 무리하게 조르지는 않았다. 태오는 어슬렁거리며 게임 센터 쪽으로 걸어갔다. 민후는 게임 센터에 가득한 요란한 기계 소리와 목청껏 떠드는 사람들 목소리를 떠올리며 씁쓸한 미소를 지었다.

민후는 의자에 앉아 중앙 엘리베이터가 토해 내는 많은 사람들 속에서 낯익은 얼굴을 찾았지만 수십 번 열리고 닫히는 동안 아무런 일도 일어나지 않았다.

'지아는 아빠랑 엘리베이터를 타고 몇 층에서 내렸을까…….'

또다시 생각의 끝은 지아였다. 혹시나 지아가 내려오는 걸 놓치지는 않을까 싶어 집중해서 보았지만 지아랑 비슷하게 생긴 사람조차 없었다.

한 시간 정도 지나자 게임 센터에서 걸어오는 태오가 보였다.

"아, 더 하고 싶은데 돈이 없어. 오늘은 그만 가자."

태오 말끝에 아쉬움이 가득 묻어났다. 민후도 아쉬웠다. 결국 지아를 다시 보지 못한 채로 가려니 발이 떨어지지 않았다.

'태오 말대로 내가 정말 지아를 좋아하는 걸까…….'

"가자니까 무슨 생각을 그렇게 해."

태오가 등을 툭 치는 바람에 민후는 생각에서 빠져나왔다.

"아무것도 아니야. 그냥 좀 답답해서. 버스 타고 갈 거지? 난 좀 걸을게. 내일 보자."

"뭐? 여기서 집까지 걸어간다고? 미쳤냐."

민후 말에 태오가 눈을 동그랗게 떴다.

"간다, 내일 보자!"

뒤에서 태오가 뭐라고 소리쳤지만 민후는 그냥 앞을 향해 뛰기 시작했다. 심장이 쿵쿵 울리고 숨이 가빠 왔다. 지아 때문에 심장이 두근거리는 건지 뛰어서인지 헷갈렸다. 하이퍼 타워가 있는 중심가를 벗어나자 사람들도 자동차도 줄어들었다. 번쩍거리는 빌딩의 네온 사인을 뒤로하고 강을 따라 계속 달렸다. 강물에 빌딩들의 불빛이 어른거렸다.

숨이 턱까지 차오르자 민후는 잠깐 멈춰 서서 숨을 골랐다. 입에서 나온 하얀 입김이 어둠 속으로 스르륵 흩어졌다.

5

지아

　봄기운이 무르익은 4월 중순이지만 민후는 밤새 뒤치락대느라 잠을 설쳤다. 지아가 전학 온 지 한 달이 지났지만 제대로 된 말을 나누어 본 적이 없기 때문이다.

　민후는 일부러 차가운 물로 세수를 하고 정성 들여 머리 손질도 했다. 거울을 보면서 입을 벌려 웃어 보았다. 표정이 마음에 들지 않아 이번에는 입꼬리만 올린 채 미소를 지어 보았다. 어색했다. 민후는 한숨을 내쉬고는 거울을 보면서 자연스럽게 웃는 연습을 여러 번했다.

　'파이팅!'

　거울 속에 주먹을 쥐고 있는 상기된 얼굴이 보였다. 어색하고 낯선 표정에 숨을 크게 들이마시며 마음을 가다듬었다.

　인터넷 검색을 해 보니 여자아이들은 주로 케이크나 아이스크림,

젤리 등을 좋아한다는 글이 많았다. 민후는 학교 가는 길에 과일 모양 젤리를 하나 사서 주머니에 넣었다. 불룩한 주머니가 든든하게 느껴졌다.

민후는 교문을 들어서며 크게 숨을 한 번 들이마셨다. 지아에게 부담되는 말보다는 그냥 친하게 지내자고 하는 게 더 나을 것 같았다. 그러고 나서 주머니에서 젤리를 꺼내 내미는 것이다. 민후는 머릿속으로 시뮬레이션을 해 보았다. 순간 젤리를 먼저 준 다음 말을 하는 게 나을지 말을 한 후 젤리를 내미는 게 나을지 갑자기 머릿속이 복잡해졌다.

이런저런 생각으로 걷다 보니 어느새 교실에 도착했다. 자리에 앉은 민후는 지아가 오기만을 기다렸다. 뒷문이 열릴 때마다 민후 고개가 자동으로 돌아갔다. 1교시 시작종이 울렸는데도 지아 자리는 계속 텅 비어 있었다. 지아의 목 아래쪽에 있던 멍 자국을 본 이후로 검푸른 멍이 팔과 다리로 번져 나가는 엉뚱한 상상이 꼬리를 물고 이어졌다. 지아에게 무슨 일이 생긴 건 아닌지 초조한 마음이 들었다.

"지아 왜 안 오지? 무슨 일 있나?"

민후 마음을 읽은 것처럼 태오가 입을 열었다.

"그러게……."

이유를 알 수 없는 민후도 궁금하기는 마찬가지였다. 하루 종일 기다렸지만 결국 지아는 학교에 오지 않았다. 수업이 끝나고 담임이 들어왔다. 하필 금요일이라 월요일이나 되어야 지아를 볼 수 있다는 생각에 가슴이 답답했다. 연락을 해 보고 싶었지만 지아가 어디에 사는지도 몰랐고 연락할 번호도 알지 못했다. 지아가 전학 온 지 한 달이나 지났는데 지아에 대해 아는 게 하나도 없었다.

"벌써 4월 중간고사네. 시간 빠르지? 다음 주 월, 화, 수 시험인데 주말 동안 열심히 해서 시험 준비 잘하자. 이상."

"선생님, 유지아 오늘 왜 학교 안 왔어요?"

담임 말이 끝나기가 무섭게 태오가 손을 번쩍 들었다. 책상에 엎어져 있던 민후가 고개를 들고 자세를 고쳐 앉았다.

"아, 지아가 감기에 걸려서 오늘 하루 쉰다고 연락받았다. 너희들도 컨디션 조절 잘해. 쓸데없이 나다니지 말고."

담임이 교실을 나갔다. 그제야 민후는 안심이 되었다.

"어, 웃네? 내가 하루 종일 별짓 다 해도 안 웃던 자식이 이제 웃음이 나오나 보네."

태오가 민후 귀에 대고 중얼거렸다.

"웃긴 누가 웃었다고 그래."

아무렇지 않게 말을 내뱉었지만 마음이 새털처럼 가벼워진 건 사실이었다. 그게 얼굴에도 나타난 모양이었다.

집으로 돌아오면서 지아 생각을 하던 민후가 걸음을 멈추었다. 유명우, 지아 아빠는 티브이에도 나오는 유명한 사람이다. 인터넷으로 검색하면 지아 아빠에 대한 정보를 어느 정도 알 수 있을 거라는 생각이 들었다. 지아 아빠에 대해 검색하다 보면 자연히 지아에 대한 정보도 찾을 가능성이 많았다. 잘하면 집 주소까지 알아낼 수 있을지도 모른다. 민후는 팔을 걷어붙이고 집을 향해 뛰기 시작했다.

집으로 돌아오자마자 컴퓨터를 켜고 포털 사이트에 '유명우'라는 이름을 검색했다. 그는 명함에 적힌 '제노크론 테크'라는 기업 대표에다 방송뿐 아니라 생명 공학에 관한 여러 전문 서적도 출판하고 강연도 하는 등 몸이 열 개라도 모자랄 정도로 바쁜 사람이었다. 하이퍼 타워 앞에서 만나 민후 같은 애들과 한가하게 이야기를 나눌 만한 사람이 아니었다. 화면에 가득한 이력을 읽어 내려가던 민후 심장이 두근거렸다.

이렇게 대단한 아빠를 둔 지아는 학교에서 전혀 티를 내지 않았다. 대단한 아빠를 둔 딸답지 않게 잘 웃지 않고 어딘가 모르게 표정도 어두웠다. 그래서 민후는 지아의 아빠가 이런 엄청난 사람일 줄은 전혀 예상하지 못했다.

처음 지아가 전학을 왔을 때 호감을 표시하던 아이들도 더는 지아에게 먼저 다가가지 않았다. 민후가 지아를 보면 늘 혼자서 무언가를 그리거나 쓰고 있었다.

완벽한 아빠가 지아를 가만둘 리 없었다. 이런 잘난 부모들은 대개 자식들도 잘되기를 바라는 마음에 공부도 많이 시키고 분 단위로 시간 관리까지 한다는 이야기를 들었다. 자유가 없는 생활, 부모가 하라는 대로 인형처럼 살고 있는 지아의 모습이 머릿속을 헤집고 다녔다. 그러니 자연스럽게 학교에서만이라도 오롯이 혼자만의 시간을 갖고 싶은 게 아닐까.

지아에 대해 생각하다 보니 문득 지아 목 부근에 있던 멍 자국이 떠올랐다. 머릿속으로 말도 안 되는 상상이 떠올라 고개를 저었다.

자꾸 멍 자국과 지아 아빠를 연결시키고 있었다. 한번 시작된 의심 덩어리는 점점 덩치를 불려 가고 있었다.

'설마, 그렇게까지 하겠어.'

민후는 의자에서 벌떡 일어섰다. 한쪽으로만 뻗어나가는 어이없는 생각을 바로잡아 줄 사람이 필요했다. 곧바로 태오에게 연락을 했다.

"웬일이야?"

자다 깬 목소리로 태오가 물었다. 답답한 마음에 태오에게 지아 목덜미에 있던 멍 자국에 대해 털어놓았다.

"말도 안 돼. 지아 아빠처럼 대단한 분이 무식하게 딸을 때린다고? 그건 아닐 것 같은데. 그리고 지아 성격이 순순히 아빠한테 맞을 애처럼 보이냐. 전학 온 첫날 준이한테 할 말 다 하는 거 너도 봤잖아. 걔 그렇게 호락호락한 애 아니야. 저 혼자 어디 부딪쳐서 다쳤겠지. 그렇게 답답하면 혼자 이상한 상상 하지 말고 차라리 직접 물어보는 게 어때? 그리고 지아 아빠 그럴 분 아니야. 얼마나 좋은 분인데."

"좋은 분?"

민후 말을 들은 태오가 수화기 너머에서 갑자기 말을 멈추었다.

"야, 네가 지아 아빠에 대해서 얼마나 안다고 좋은 분이래. 뭐 아는 거라도 있어? 듣고 있는 거야? 왜 말을 하다 말아."

민후는 태오에게 다그치듯 말을 했다.

"아니, 그게 아니라, 딱 보기에도 그렇게 보이잖아. 아, 엄마가 부른다. 나중에 다시 통화하자."

태오가 허둥지둥 전화를 끊어 버렸다. 무언가 개운치 않고 찜찜한 생각이 들었다. 민후는 컴퓨터를 끄고 침대에 누웠다. 태오 말대로 혼자 오해하고 있는지도 몰랐다.

'그래, 월요일에 만나면 물어보자. 뭐라도 알게 되겠지.'

6
가까워지다

지루한 주말이 지나고 드디어 월요일 아침이 되자 민후는 저절로 눈이 떠졌다.

"웬일이야. 요즘 깨우지 않아도 스스로 일어나네."

아침을 먹는데 엄마가 이상한 눈으로 쳐다보았다. 민후는 괜히 찔려 허둥지둥 준비를 하고 집을 나왔다.

교문 안으로 들어선 민후는 계단을 뛰어 3층까지 단숨에 올라갔다. 교실 뒷문을 열자 태오가 뒤를 돌아보며 손을 흔들었다. 지아 자리는 아직 비어 있었다. 또 안 오는 건가 싶어 실망하려는 찰나, 뒤에서 누군가 등을 톡톡 두드렸다.

"비켜 줄래?"

지아였다.

"어, 미안."

민후가 쭈뼛거리며 자리를 비켜 주자 지아가 인사도 없이 쓱 지나 갔다. 민후 옆으로 다가온 태오가 눈짓을 하며 지아를 불러 세웠다.

"지아야, 금요일에 왜 안 왔어?"

"좀 아팠어."

지아가 대답을 하고는 제자리로 가서 앉았다. 민후는 주머니에 든 젤리 봉지를 만지작거렸다.

"가서 뭐라고 말 좀 붙여 봐."

태오가 민후 등을 밀었다. 민후는 못 이기는 척 지아 자리로 갔다. 숨을 들이마시며 주머니에 든 젤리를 움켜쥐었다. 민후가 젤리를 꺼 내 지아 책상 위에 올려놓았다.

"이게 뭐야?"

지아는 생전 처음 보는 것처럼 젤리와 민후를 번갈아 보았다.

"과일 맛 젤리. 이번에 새로 나온 거래."

민후 말에 지아가 이리저리 살펴보더니 두 손으로 젤리 포장지를 뜯었다. 상큼하고 향긋한 과일 향이 콧속으로 들어왔다.

"아, 냄새 좋다."

지아는 사과, 바나나, 키위 등 여러 모양 젤리 중에서 작고 귀여운 빨간 딸기를 집었다.

"맛있는데? 나, 젤리 처음 먹어 봐."

지아가 민후를 보고 어색하게 웃었다. 민후는 젤리를 처음 먹어 본다는 지아의 말에 눈을 동그랗게 떴다. 지아 아빠가 이런 간식조 차도 마음대로 못 먹게 하는 건가 싶어 지아가 안돼 보였다. 때마침 창문으로 들어오는 햇살이 지아 얼굴을 비추었다. 환하게 웃는 지아의 미소가 민후 심장을 파고들었다.

"너도 먹어 봐."

지아가 젤리 봉지를 민후에게 내밀었다. 민후는 젤리를 집으며 밤새 고민하던 여러 멘트들을 떠올렸다. 간신히 생각해 낸 친하게 지내자는 간단한 인사말이 목구멍에 걸려 나오지 않았다.

"왜 안 먹어? 무슨 할 얘기라도 있어?"

우두커니 젤리를 들고 서 있는 민후를 지아가 이상한 눈으로 쳐다보았다.

"아, 아니. 다음에 또 사 줄게. 맛있게 먹어."

바보 같은 웃음을 지으며 민후는 자리로 돌아와 버렸다. 아무 말도 못 한 자신이 한심스러웠다. 구겨진 민후 표정을 보고 태오가 무슨 말을 하려다 입을 다물었다.

'그래, 천천히 친해지면 되지. 어색한 사이가 되는 것보다 차라리 이게 나아.'

민후는 지아랑 마주 보고 얘기할 수 있는 지금이 좋은 거라고 바꾸어 생각했다. 만약 사이가 틀어지는 날에는 가뜩이나 오기 싫은 학교에 더는 정붙이기 힘들 게 뻔했다.

시험을 본 후 도서관에서 공부를 하고 집에 가려는데 웬일로 지아가 민후 자리로 다가왔다.

"너희 시간 되니? 전학 온 지 한 달이 넘었는데 아직 학교 안에 뭐가 있는지 잘 모르겠어. 오늘 학교 구경 좀 시켜 줄래?"

태오가 민후 눈치를 보더니 바쁜 척을 했다.

"미안, 나는 갈 데가 있어서 먼저 갈게. 민후야, 지아 학교 구경 좀 잘 시켜 드려. 그럼 난 이만."

태오가 민후에게 입 모양으로 파이팅을 외치고는 도서관을 나갔다. 도서관에 남은 두 사람 사이에 어색한 공기가 퍼졌다.

"아, 어디부터 구경을…… 할까?"

민후가 먼저 어색한 분위기를 깨며 입을 열었다.

"구름다리."

지아가 두 사람이 부딪혔던 다리 이름을 말했다. 민후는 반갑기도 하면서 의외이기도 했다.

"구름다리는 저번에 봤잖아. 학교 뒤에 작은 연못도 있고, 식물원도 있고……."

민후 말에 지아가 가방을 들었다.

"아니, 구름다리에 가 보고 싶어. 너랑 부딪히기 전에 잠깐 봤는데 멀리까지 다 보이더라. 꼭 하늘 위에 있는 것 같았어. 이번에는 천천히, 제대로 보고 싶어. 마침 지금 해 질 시간이니까 엄청 예쁠 것 같아."

지아 눈이 반짝거렸다. 사실 민후는 속으로 놀랐다. 민후가 가장 좋아하는 곳을 콕 집어 제일 먼저 가 보자고 하는 말에 지아와 뭔가 통하는 느낌까지 들었다.

구름다리를 향해 나란히 걸어가는데 이것저것 신경이 쓰였다. 미친 듯이 뛰는 심장 소리가 지아에게 들리지는 않을까, 혹시 어색하게 걷고 있는 건 아닐까, 하다못해 팔마저 자연스럽게 흔들리지 않은 것 같아 주머니에 손을 넣었다 빼기를 반복했다. 다행히 지아가 노래를 흥얼거리는 덕분에 약간 마음이 진정되기는 했다. 어색한 분위기 끝에 마침내 출입문에 다다랐다. 민후와 지아는 건물 사이에 걸쳐진 구름다리를 걸었다. 두 사람은 무지개처럼 약간 굽은 구름다리 한가운데에 나란히 섰다.

두 사람은 말없이 하늘을 보았다. 태양이 퍼트린 오렌지빛 노을이 하늘을 물들이고 있었다.

"나는 노을이 주홍색 한 가지인 줄 알았거든. 이렇게 은근하게 여러 색이 섞여 있을지 몰랐어. 정말 예쁘다. 다리 위라 그런지 꼭 하늘 위에 떠 있는 기분이야."

지아가 민후를 보며 활짝 웃었다. 노을에 물든 지아 얼굴이 반짝반짝 빛나고 있었다. 그동안 혼자서 몇 번 노을을 본 적은 있지만 지금 지아랑 노을을 보며 느끼는 감정은 그때와는 전혀 달랐다. 뭐가 다른지 정확한 설명은 어렵지만 어떤 말로도 표현할 수 없을 만큼 훨씬 좋았다. 심장이 백 미터 달리기라도 한 것처럼 세차게 뛰었다.

저 멀리 삐죽삐죽 솟은 빌딩에 하나둘씩 전등이 들어왔다. 가장 높은 하이퍼 타워는 노을 때문에 마치 불이라도 난 것 같았다. 지아 머리카락이 바람에 흔들렸다. 빙그레 웃고 있는 지아를 보며 이제 민후는 지아를 알기 전 세상으로는 절대 돌아갈 수 없겠다고 생각했다.

"어머, 바람이 따뜻해."

지아가 바람을 느끼려는 듯 눈을 감았다. 바람에 날린 머리카락 사이로 귀 뒤쪽에 있는 상처가 보였다. 2센티미터 정도 크기의 불그스름한 상처를 보고 민후 눈이 동그래졌다. 민후와 눈이 마주친 지아가 머리카락을 넘기며 귀 뒤의 상처를 가렸다.

"아, 이 상처 봤구나. 어렸을 때 책상에서 떨어져서 다쳤대. 몇 바늘 꿰맸다고 하는데 난 기억에 없어."

"아팠겠다. 사실 나도 너랑 비슷한 상처가 있거든. 4년 전에 교통사고로 다치는 바람에 나도 여기 상처 자국이 있어."

민후가 지아에게 귀 뒤의 상처를 보여 주었다. 지아 눈이 좀 전의 민후처럼 커졌다.

"어머, 신기하다. 나랑 비슷한 상처가 있는 사람은 처음 봐. 지금은 괜찮은 거야? 난 가끔 이곳이 전기가 통하는 것처럼 저릿할 때가 있거든."

지아가 걱정스러운 눈으로 민후를 쳐다보았다.

"지금은 보다시피 건강해. 교통사고 때문에 어릴 때 기억을 왕창 잃어버린 것 빼고는 괜찮아. 기억이 안 돌아온대도 할 수 없고, 뭐 언젠가는 기억날 수도 있는 거고."

민후는 그 사고로 죽은 쌍둥이 준후에 대해서는 말하지 않았다.

"아, 그런 일이 있었구나. 말하기 그랬을 텐데, 솔직하게 말해 줘서 고마워."

지아의 진심이 느껴지는 말에 민후는 깊은 위로를 받은 것처럼 마음이 편해졌다.

"앞으로 친하게 지내자. 그냥 계속 너한테 이 말을 하고 싶었어."

민후가 지아를 보았다.

"그래, 우리 친하게 지내."

지아가 먼저 손을 내밀었다. 지아 손을 잡은 민후 얼굴이 뜨거워졌다. 지아의 작고 따스한 손이 부드러웠다. 민후는 지아가 말한 '우리'라는 말이 가슴속에 콕 박혔다. 나뭇잎들이 부딪치는 소리가 파도 소리처럼 들렸다.

나무에 앉은 새들의 지저귐이 음악처럼 들렸다. 운동장에서 축구를 하며 소리 지르는 아이들 목소리가 하나도 거슬리지 않았다. 모든 게 정상이었다. 이상하게 지아 옆에 있으면 그토록 민후를 괴롭히던 이명은 깨끗하게 사라지고 마음이 편안했다.

"이번에는 어디로 갈까?"

민후 말에 지아가 운동장 뒤쪽에 있는 작은 연못을 가리켰다.

7
테마파크

지아가 전학을 온 지도 두 달이 지났다. 5월 중순이 되자 하루가 다르게 날이 더워지고 있었다. 앙상하던 나뭇가지도 어느덧 초록색 잎으로 가득했다. 사람들 옷이 점점 얇아지고 있었다.

지아랑 민후가 친해지자 태오도 자연스럽게 합류해 세 사람은 삼 총사처럼 모든 걸 함께했다. 수업이 끝나면 함께 하이퍼 타워에 가서 쇼핑도 하고, 클라이밍 센터에 들러 지아가 취미로 인공 암벽 등반하는 걸 구경하기도 했다. 어느 날, 민후가 지아에게 익스트림 스포츠에 대해 살짝 말했더니 단박에 같이 하자고 지아가 눈을 반짝였다.

주말을 앞둔 금요일이었다.

"너, 지아한테 고백은 언제 할 거야?"

지아가 화장실에 간 사이 태오가 민후에게 작은 목소리로 물었다.

"고백은 무슨, 그냥 지금처럼 친하게 지내면 되지."

민후가 들고 있던 휴지를 쓰레기통에 던져 넣으며 대답했다.

"요즘 주호가 은근 지아한테 말 걸고 앞에서 얼쩡거리는 거 알아? 뒤늦게 후회하지 말고 잘 생각해 봐."

태오가 턱짓으로 주호를 가리켰다. 민후 또한 공부도 잘하는 데다 컴퓨터 천재라고 소문난 주호가 신경 쓰이기는 했다. 하지만 지아와 주호가 사귈 거라고는 상상조차 하기 싫었다. 막상 태오 말을 듣고 보니 그럴 수 있겠다는 생각에 조바심이 들기는 했다. 그렇다고 잘 지내고 있는 지금 뜬금없이 고백했다가 괜히 멀어지는 계기가 될 수도 있어 조심스러웠다.

"암튼 난 경고했다. 어, 담임이다."

담임이 앞문을 열고 들어왔다.

"오늘 시험 결과 나왔다."

담임이 손에 들고 있는 종이를 흔들자 교실 안이 한숨과 야유로 소란스러워졌다.

"자신의 부족한 점이 뭔지 잘 파악해서 다음 시험에서는 더 잘 볼 수 있도록 노력하자. 참, 그리고 이번 시험에서 지아가 1등을 했네. 전학 와서 적응하기도 힘들었을 텐데 공부까지 완벽하게 해낸 지아한테 박수 좀 쳐 주자. 유지아, 잘했다."

담임 말에 아이들 눈이 휘둥그레졌다. 민후도 놀라기는 마찬가지였다. 지아가 그 정도까지 공부를 잘할 줄은 몰랐다. 민후는 진심으로 지아를 축하하는 마음이 가득했지만, 바닥을 기는 자신의 성적표를 보자 마음이 울적해졌다. 지아가 박수를 받고 살짝 고개를 숙였다.

"지아 오늘 클라이밍 센터 간다는데 같이 갈 거지?"

민후가 가방을 챙기며 태오를 보았다.

"아니, 난 집에 가야 돼."

태오가 미안한 표정을 지었다. 요즘 부쩍 민후와 지아에게 거리를 두어 서운하던 참이었다. 학원에 간다, 엄마 심부름을 해야 한다 등등 이런저런 핑계를 대며 태오가 자꾸 혼자 교실을 빠져나갔다. 그렇다고 지아와 민후 두 사람을 위해 자리를 비켜 준다는 느낌은 들지 않았다. 늘 말 많던 태오는 왠지 말수도 줄고, 쉬는 시간마다 어딘가로 사라졌다가 수업이 시작될 때쯤에나 허겁지겁 나타나곤 했다.

"나한테 섭섭한 거 있어?"

민후 말에 태오가 눈을 휘둥그레 뜨며 고개를 저었다.

"아니, 왜 그렇게 생각하는데? 전혀 아니야."

태오의 오버하는 모습이 더 이상했지만 민후는 그 이상 묻지 않았다. 무언가 말하지 못하는 속사정이 있겠거니 생각했다.

"왜 그래? 무슨 일 있어?"

민후와 태오의 어색한 분위기를 깨며 지아가 다가왔다.

"아무것도 아니야. 미안, 나 먼저 갈게."

태오는 가방을 챙겨 후다닥 교실을 빠져나갔다.

"오늘 바쁜 일이 있대."

민후가 가방을 들었다.

"태오 요즘 좀 수상하지 않아? 아무래도 뭔가 있는 것 같은데……."

70

지아가 팔짱을 끼며 눈을 가늘게 떴다.

"글쎄 뭐, 말을 안 하니 알 수가 있나. 그냥 우리끼리 가자."

"민후야, 우리 오늘 좋은 데 가자."

지아가 민후의 팔짱을 끼자 민후 심장이 쿵 내려앉았다.

"좋은 데 어디?"

민후가 의아한 눈으로 지아를 보았다.

"새로 생긴 테마파크에 가 보고 싶어. 나한테 공짜 표가 있거든."

지아가 표를 흔들며 웃었다.

"아, 저번 주 새로 오픈한 놀이공원?"

갑자기 다시 교실로 들어온 태오가 알은체를 했다.

"어, 너 왜 다시 왔어?"

민후가 태오를 보았다.

"아, 뭐 좀 놓고 가서. 오늘 놀이공원 간다고? 그럼 불꽃놀이까지
다 보고 올 거야?"

태오가 민후와 지아를 번갈아 보았다.

"넌 가지도 않을 거면서 뭘 그렇게 꼬치꼬치 캐물어."

민후가 태오를 보며 퉁명스럽게 말했다.

"아니, 지아 늦게 들어가면 아빠한테 혼날까 봐 그러지. 그럼 민
후 너도 안 좋게 볼 거 아냐."

태오가 걱정스러운 눈빛으로 지아를 흘끗 보았다.

"오, 그런 것까지 신경 써 주니 고맙다. 하긴, 그건 그렇다. 오늘
집에 늦어도 괜찮아?"

"당연히 놀이공원 가는 거 아빠한테는 비밀이지. 오늘 아빠 바쁜 일이 있어서 늦으실 거야. 안 들어오실지도 몰라. 암튼 늦게 가도 된다는 말씀."

지아가 표를 흔들며 장난스럽게 웃었다.

"저기…… 민후야, 아니다. 암튼 그래도 너무 늦지 말고 일찍 들어가."

태오는 무언가 할 말이 있는 듯 머뭇거리더니 교실을 나가 버렸다.

"갑자기 왜 저래."

"그러게."

두 사람은 어이없는 표정으로 태오 뒷모습을 쳐다보았다.

민후와 지아는 학교 앞 정류장에서 테마파크행 버스를 기다렸다. 민후와 지아가 탄 버스가 외곽도로로 빠져 한참을 달렸다. 30분 정도 후, 버스는 스노볼처럼 커다란 돔으로 둘러싸인 테마파크 정류장에 도착해 사람들을 내려 주었다. 민후와 지아는 많은 사람들 틈에 섞여 놀이공원 안으로 들어갔다.

민후는 북적이는 놀이공원 안으로 들어서며 저녁에 먹을 약이 없어 은근히 걱정되었다. 하루 세 번 먹는 약이지만 요즘 학교에서는 이명이 들리지 않아 저녁에 집에서 한 번만 약을 먹고 있었다. 곧 약 먹을 시간이지만 가지고 있는 알약이 하나도 없었다. 아침부터 지금까지 하루 종일 약을 먹지 않은 건 처음이었다. 마음이 조금 불안했다.

'뭐 어떻게 되겠지.'

지금 당장은 몸도 마음도 완쾌된 것처럼 컨디션이 좋았다.

금요일 오후라 공원 안은 사람들로 가득했다. 돔 밖으로 점점 어둠 속으로 잠기는 밤하늘이 보였지만 돔 안은 대낮처럼 환했다. 테마파크는 동화책 속에 들어온 것처럼 아기자기한 피규어들과 여러 인형으로 꾸며져 있어 보기만 해도 기분이 들떴다. 크리스마스트리처럼 반짝이는 조명과 귀여운 놀이 기구들을 본 지아가 손뼉을 치며 좋아했다.

"우와, 저기 나무 좀 봐. 우리 저쪽으로 가 보자."

지아가 돔을 뚫을 듯 서 있는 거대한 나무를 가리키며 민후 손을 잡아끌었다. 민후는 부드럽고 작은 지아 손을 잡자 또다시 가슴이 뛰었다.

가까이 가 보니 나무는 홀로그램이었다. 지아가 나무를 향해 손을 뻗자 손바닥으로 황금빛 별들이 쏟아져 내렸다. 샤르르르, 별들이 떨어지며 소리를 냈다. 환상적인 음이 더해지자 판타지 세계에 들어선 것 같은 묘한 느낌이 들었다. 민후가 주위를 둘러보았다. 음악 소리, 사람들이 웃고 떠드는 소리 등 평소였으면 소음으로밖에 들리지 않았을 소리가 지금은 생생하게 귓속으로 전해졌다. 민후는 환하게 웃는 지아를 보며 지금처럼 계속 지아 옆에 있고 싶다고 생각했다.

민후는 지아와 아이스크림을 먹은 후 꽤 무서워 보이는 놀이 기구를 탔다. 놀이 기구를 타고 소리를 지르다 보니 해방감이 느껴지기도 했다. 지아랑 놀이공원에 오길 잘했다는 생각이 들었다.

교통사고 이후 늘 똑같은, 그렇고 그런 삶을 마지못해 살아 내고 있었다면 지금은 아니었다. 지아랑 함께하는 모든 시간이 즐거웠다.

막연하게 느껴졌던 행복이라는 단어에 대해 조금은 알 것 같았다.

'지아도 같은 마음일까?'

민후는 지아도 그럴 거라고 생각했다. 그냥 그렇게 느껴졌다.

한참을 돌아다니던 지아가 다리가 아프다며 벤치에 앉았다. 어느새 공원 안은 사람들이 부쩍 줄어 있었다. 폐장 시간이 다가오고 있었다. 공원 안에 울려 퍼지던 경쾌한 음악이 어느새 잔잔한 음악으로 바뀌어 있었다. 곧이어 놀이공원이 곧 폐장한다는 안내 멘트가 들렸다.

"오늘 엄청 재미있었어. 우리 다음에 또 오자."

지아가 음료수를 한 모금 마시고 민후를 보았다.

"그래, 꼭 그러자. 그리고 이거 받아."

민후는 조그만 핑크색 상자를 내밀었다.

"이게 뭐야?"

지아가 눈을 동그랗게 뜨고 민후를 보았다.

"열어 봐."

지아가 조심스럽게 핑크 상자를 열었다. 별 세 개가 세로로 연결된 펜던트가 달린 목걸이였다. 지아가 화장실에 갔을 때 옆에 나란히 붙어 있던 기프트숍에서 산 선물이었다.

"너랑 잘 어울릴 것 같아서 샀어."

"우아, 정말 예쁘다."

지아가 목걸이를 목에 걸었다. 지아 목 위에서 별 세 개가 반짝 빛났다. 목걸이는 민후가 상상한 것 이상으로 지아에게 잘 어울렸다.

지아가 민후를 와락 안았다.

"나한테 잘해 줘서 정말 고마워. 사실, 엄마는 안 계시고, 아빠는 바쁘셔서 혼자서 늘 외로웠거든. 너 아니었으면 나, 학교도 못 다녔을 거야."

갑작스러운 지아의 행동에 민후는 얼음처럼 뻣뻣하게 굳어 버렸다.

"어, 그래? 나도 엄마랑 둘이 살아. 내가 어려서 이혼하셨다는데 아빠는 얼굴도 몰라. 원래 없는 분이라고 생각하고 살아서인지 빈자리도 모르겠고⋯⋯. 암튼 네가 오기 전에는 난 학교 다니고 싶은 마음이 하나도 없었거든. 네 덕분에 나도 학교가 좋아졌어. 나야말로 고맙다."

민후가 지아를 마주 보고 웃었다.

"아, 집에 가기 싫다."

지아가 아쉬운 얼굴로 민후를 보았다.

"그러⋯⋯."

말을 끝마치지 못한 민후 머리 위에서 노랑과 빨강이 뒤섞인 폭죽이 터졌다. 화려한 모양의 불꽃이 돔 천장을 가득 메웠다. 1, 2초 후 또다시 여러 모양의 폭죽이 하늘로 날아올랐다. 하트 모양의 불꽃이 밤하늘을 수놓았다. 하트가 흩어지며 동그라미 여러 개가 그 자리를 대신했다.

구경하던 사람들 입에서 합창하듯 탄성이 터져 나왔다. 사람들 얼굴 위로 형형색색의 빛줄기가 어른거렸다. 밤하늘에 가득한 불꽃들이 지아 눈동자에 고스란히 비쳐 보였다.

10분간의 환상적인 이벤트가 끝나자 사람들 표정에 아쉬움이 묻어났다. 이제 마법에서 깨어나 현실로 돌아올 시간이었다. 두 사람은 손을 잡고 놀이공원 정문을 나섰다.

"오늘 정말 재미있었어. 우리 다음에 또 오……."

민후 손을 흔들며 밝게 웃던 지아가 우뚝 걸음을 멈추었다. 민후는 고개를 돌려 지아의 시선이 멈춘 곳을 쳐다보았다. 저만치 앞에 낯익은 남자가 서 있었다. 두 사람을 알아본 남자가 성큼성큼 앞으로 다가왔다. 지아가 얼른 잡고 있던 민후 손을 놓았다.

"아, 아빠……."

얼음처럼 서 있던 지아 목소리가 가늘게 떨렸다.

"말도 없이 여긴 왜 온 거야. 아빠가 얼마나 걱정했는지 알아?"

지아 아빠가 무서운 눈으로 지아를 쏘아보았다. 민후는 지아 아빠의 차가운 말투와 싸늘한 눈빛에 움찔했다. 부녀간의 분위기가 심상치 않자 민후가 얼른 앞으로 나섰다.

"공짜 표가 생겨서 제가 오자고 했어요. 미리 말씀 못 드려 죄송합니다."

민후가 긴장한 눈으로 지아 아빠에게 고개를 숙였다. 지아 아빠는 아무 말 없이 민후를 뚫어지게 쳐다보았다. 지나가던 사람들이 심상치 않은 세 사람을 힐긋거리며 쳐다보았다.

"가자."

지아 아빠는 지아를 데리고 검은색 자동차가 있는 주차장으로 걸어갔다. 민후는 조심스레 두 사람 뒤를 따라갔다. 얼굴이 급격하게 어두워진 지아가 조수석에 올라탔다. 지아가 민후를 보며 손을 살짝 들어 보이고 고개를 푹 숙였다. 지아 아빠는 민후에게 어떤 말도 없이 차에 시동을 걸고는 출발했다. 자동차의 빨간 후미등이 사라지자 민후 입에서 저절로 한숨이 새어 나왔다.

'우리가 놀이공원에 있는 걸 어떻게 알았을까?'

지아 아빠는 민후와 지아가 나올 줄 알았다는 듯 놀이공원 정문 앞을 지키고 있었다. 민후는 굳은 표정으로 아빠를 따라가던 축 처진 지아의 뒷모습이 자꾸 떠올라 괴로웠다. 지아 아빠가 두 사람이 공원에 있다는 걸 어떻게 알게 되었는지도 궁금했지만 그것보다 지아가 더 걱정스러웠다.

빠앙, 자동차 경적이 마치 폭탄 소리처럼 민후 귀에 날아들었다. 놀란 민후가 귀를 막고 주저앉았다. 옆을 지나가는 사람들이 떠드는 소리와 여러 잡음으로 민후는 머릿속이 시끄러웠다. 좀 전까지 아무렇지도 않았는데 지아가 떠나자마자 다시 말썽이었다. 마치 지아가 존재하는 세상과 존재하지 않는 세상이 뚜렷하게 구별되는 느낌이었다. 칠흑처럼 어두운 하늘에 이름 모를 별들이 드문드문 보였다. 민후는 서둘러 버스 정류장을 향해 뛰기 시작했다.

8
지아의 결석

놀이공원에서 무리를 했는지 민후는 주말 내내 잠만 잤다. 엄마가 수상한 표정을 지었지만 모른 척했다. 뮤가 놀아 달라고 보챘지만 그것도 힘들어서 바닥에 장난감만 깔아 주었다.

"민후야, 학교 늦겠다."

월요일 아침, 엄마가 이불을 걷어 내는 바람에 간신히 눈을 떴다. 지금 뛰어가도 지각이었다. 민후는 얼른 세수를 하고 재빨리 옷을 갈아입었다.

"요즘 왜 이렇게 정신이 없어. 약은 제대로 먹고 있는 거야?"

엄마가 작정한 듯 방으로 들어와 의자에 앉았다. 민후는 이제 학교에서는 약이 필요 없다고 말하려다 입을 다물었다. 지아랑 있으면 신기하게 이명이 사라진다는 말을 하고 싶었지만 그 후에 따라붙을 질문 폭탄이 떠올라 당분간은 말하지 않기로 마음먹었다.

"잘 먹고 있어."

"엄마가 의사 선생님 한번 만나야겠어. 이번에는 엄마랑 같이 병원에 가자. 언제 시간 돼? 어머, 이건 뭐니?"

엄마가 책상 밑에 떨어져 있던 테마파크 팸플릿을 주워들었다. 놀란 민후가 얼른 팸플릿을 빼앗아 가방에 쑤셔 넣었다.

"아무것도 아니야. 저 오늘 늦어서 저녁에 밥 못 먹어요."

엄마가 황당한 표정으로 민후를 보았지만, 민후는 모른 척 집을 나왔다.

교실 뒷문을 열자 아이들이 태오를 둘러싸고 있었다. 민후는 아침부터 무슨 일인가 싶어 당황스러웠다. 가까이 다가가 보니 태오가 안경처럼 생긴 아치형의 게임 렌즈를 쓰고 허공에 팔을 휘젓고 있었다. 투명 렌즈에 여러 불빛이 어른거렸다. 태오는 거대한 괴물을 상대하고 있는 듯 두 팔로 총을 쏘는 시늉을 했다. 옆에 선 아이들이 태오를 졸랐다.

"태오야, 나 한 번만 해 보자. 어?"

"인마, 내가 먼저야."

"다들 공평하게 한 번씩 하게 해 줄게. 싸우지들 마."

모처럼 아이들 관심을 한 몸에 받고 신이 난 태오 표정이 그 어느 때보다 행복해 보였다.

'10년 용돈을 모아도 못 산다더니 어떻게 된 거야…….'

게임 렌즈의 테두리 가운데에 두 개의 삼각형이 겹친 로고가 박혀 있었다. 같은 게임 렌즈를 착용한 사람이 한데 모여 팀을 짜서 게임을 할 수도 있고 혼자서 즐길 수도 있는 새로운 버전의 메타버스 게임이었다.

민후는 게임을 하는 아이들 옆을 지나쳐 자리에 앉았다. 지아 자리는 비어 있었다. 조금 늦는가 보다 생각했지만 수업 시간이 다 되어 가는데도 지아는 오지 않았다. 그제야 뭔가 잘못되었다는 생각에 불안감이 고개를 들기 시작했다. 금요일에 테마파크 앞에서 마주친 지아 아빠의 매서운 눈빛이 떠올랐다.

'설마 테마파크 때문에 학교에 못 오는 건 아니겠지…….'

말도 없이 늦게까지 집에 안 간 건 백번 잘못한 일이지만 그렇다고 아빠가 딸을 학교에 보내지 않는다는 건 어딘가 비상식적인 행동이라는 생각이 들었다. 지아 아빠가 그럴 리는 없었다. 하지만 근본을 알 수 없는 불안이 스멀스멀 다리를 타고 올라왔다.

수업 종소리와 함께 영어 선생이 들어왔다. 아이들이 후다닥 제자리를 찾아 돌아갔다. 태오는 민후에게 보여 주지 않으려는 듯 몸을 돌리고 게임 렌즈를 케이스에 넣었다. 그러고는 괜히 딴청을 부리듯 목을 빼고 지아 자리를 쳐다보았다.

"어, 아직도 지아 안 왔네? 무슨 일 있나……."

태오가 목소리를 낮추며 민후를 흘깃 돌아보았다.

"너 게임 렌즈 설마, 산 거야?"

태오가 질문하는 민후 눈을 피했다.

"아, 그게, 서, 선물 받았어."

태오가 더듬거리며 대답을 했다.

"선물? 누구한테? 부모님?"

"뭘 자꾸 물어. 그런 게 있어."

태오가 귀찮다는 듯 톡 쏘아붙였다. 안 그래도 거리를 두는 통에 못마땅하던 참인데 말투까지 저러니 서운한 마음이 들었다. 더 물어 봐야 대답해 줄 것 같지도 않아 민후는 입을 다물었다.

수업 시간이 끝나도록 지아는 학교에 오지 않았다. 명백하게 결석을 한 것이다. 지아를 데려가던 지아 아빠의 날카로운 눈빛이 자꾸 생각났다.

태오는 걱정도 안 되는지 쉬는 시간마다 아이들이랑 게임 렌즈로 신나게 놀았다. 지루한 하루가 지나고 수업이 끝나자 태오가 가방을 챙겨 일어났다.

"지아가 결석했는데 걱정도 안 되냐?"

민후 말투에 가시가 돋았다.

"뭐, 또 감기에 걸렸나 보지. 눈치 없이 놀이공원에서 너무 신나게 논 거 아니냐? 걔 가뜩이나 몸도 약한데."

은근히 민후를 공격하는 말투였다.

"지아가 몸이 약하다고?"

민후는 땀을 흘리며 암벽 등반을 하던 지아 생각에 눈을 동그랗게 치떴다. 무슨 일이든 강단 있게 끝까지 해내는 지아가 약하다는 태오 말은 의외였다.

"난들 아냐. 지아 아빠가 그랬어, 보기보다 약하다고 학교에서 잘 보살펴 달라고."

태오가 아차 싶었는지 손으로 입을 가렸다.

"너한테 그런 부탁을 했다고? 언제?"

민후가 의심스러운 눈길로 태오를 보았다.

"아, 저번에 게임하러 하이퍼 타워에 갔다가 잠깐 마주쳤는데 날 알아보시더라고. 지아가 갑자기 쓰러진 적이 있다면서 무슨 일 있으면 꼭 알려 달라면서……."

태오가 말끝을 흐렸다.

"그럼 우리 둘이 놀이공원에 간 걸 지아 아빠한테 말한 게 너야?"

민후가 자리에서 벌떡 일어섰다.

"미안, 너도 내 친구지만 지아도 내 친구잖아. 친구 아빠가 특별히 부탁을 했는데 어떻게 해. 절대로 일부러 말한 게 아니야. 다 지아를 위해서 그런 거지."

태오가 기어들어 가는 목소리로 말했다.

"그래, 그럼 혹시 지아 집 어딘지 알아? 어느 동네인지만 알아도 좋겠는데."

민후 질문에 태오가 신경질을 내듯 가방을 들고 일어섰다.

"내가 지아 집을 어떻게 알아? 나 약속 늦어서 먼저 간다."

뭔가에 쫓기고 있는 사람처럼 교실을 빠져나가는 태오가 이상했다.

"약속은 무슨, 저런 큰 선물을 받았으니 일하러 가야겠지."

뒤에서 다가온 주호가 민후 책상에 걸터앉았다.

"선물이라니?"

민후는 주호를 빤히 쳐다보았다.

"너 아무것도 모르는구나. 요즘 임상 실험에 참가하고 돈 대신 원하는 물건으로 받는 게 애들 사이에서 유행이야. 그걸 선물 받는다고 하더라고. 쟤 불법 임상 실험에 참여하는 거 같던데."

주호가 피식 웃으며 턱을 문질렀다. 민후도 얼핏 방송에서 들은 기억이 났다. 법으로 금지된 임상 실험에 참가한 십 대들의 사건과 피해를 다룬 뉴스였다.

"정말 선물일 수도 있잖아. 태오가 임상 실험에 참가했는지 안 했는지 네가 어떻게 알아? 증거 있어?"

민후는 주호가 증거도 없이 태오를 오해하는 것 같아 은근 기분이 나빴다.

"우리 삼촌이 의학 전문 기자인데 요새 특종 하나 터트릴 거 있다고 정신없이 쫓아다니는 중이라 엄청 바쁘거든. 어제 몰래 삼촌 컴퓨터 좀 쓰려고 방에 들어갔다가 뭘 좀 봤지. 내가 뭘 봤는지 알아? 삼촌 컴퓨터에 태오 사진이 있더라."

주호 말에 민후는 깜짝 놀랐다.

"아무리 그래도 사진 한 장으로 태오가 불법 임상 실험에 참가했다고 말하는 건 억측 아니야?"

"태오가 이터널 메모리에서 들고 나오던 게임 렌즈 상자. 그게 선물이라는 증거지."

민후는 주호 말이 믿기지 않았다.

"이터널 메모리? 거기가 뭐 하는 곳인데? 게임 렌즈는 정말 선물이라고 했어."

민후는 태오를 믿고 싶었다.

"순진하기는. 너도 태오네 형편 잘 알잖아. 그 비싼 걸 부모님이 사 줬을 리가 없잖아. 너, 이터널 메모리가 뭐 하는 데인 줄 알아? 지아 아빠, 유명우 박사가 대표로 있는 제노크론 테크에서 운영하는 생체 연구소야. 삼촌은 불법 임상 실험을 하는 그 이터널 메모리를 조사 중이고."

"그럼 태오가 이터널 메모리에서 하고 있는 불법 임상 실험에 참여하고 있다는 말이야?"

민후 말에 주호가 고개를 끄덕였다.

"그런 걸로 보여. 반려동물 복제는 허용되었지만 아직까지 인간 복제는 불법이잖아. 삼촌이 조사한 바에 따르면 제노크론 테크가 법으로 금지된 인간 복제 연구를 계속하고 있었나 봐. 그런데 무슨 일인지 갑자기 유명우가 사라졌다가 몇 년 전 다시 나타났다고 하더라고. 표면적으로는 생명 공학을 연구하는 아이티(IT) 관련 기업이지만 실질적으로는 생체 연구소를 운영하면서 십 대들을 이용하고 있다는 거지."

"주호야, 빨리 나와!"

축구공을 손에 들고 있는 영우가 주호에게 손짓했다. 주호와 영우는 축구 동아리였다.

"아, 가야겠다. 태오랑 친하게 지내는 것 같아서 말해 준 거야. 암튼 나 먼저 간다."

책상 위에 걸터앉아 있던 주호가 성큼성큼 교실을 나갔다.

'이터널 메모리, 생체 연구소…….'

민후는 허둥지둥 게임 렌즈를 숨기던 태오 모습을 떠올렸다. 정말 선물 받은 거라면 그렇게 민후 앞에서 숨기지는 않았을 것이다. 엉킨 실타래가 머릿속에 한가득 들어찬 느낌이었다.

소문과 의심

놀이공원에 다녀온 뒤로 지아가 4일째 결석을 했다. 텅 빈 자리를 보는 민후의 걱정이 점점 불안으로 기울고 있었다. 답답한 마음에 민후는 교실을 나서는 담임을 붙들고 물었지만 지아가 몸이 안 좋아 며칠 더 결석할 거라는 어제와 똑같은 대답을 들었다.

"너 혹시 지아한테 연락받은 거 없어?"

민후가 태오를 보았다.

"없는데."

태오는 눈길을 피한 채 무심한 목소리로 대답했다.

"사람이 말하는데 좀 쳐다봐라. 혹시 너, 찔리는 거 있냐?"

민후가 태오를 향해 자세를 고쳐 앉았다.

"무슨 소리야, 내가 왜. 찔리긴 뭐가 찔려. 가뜩이나 속 안 좋아 죽겠는데 시비야."

태오가 책을 소리 나게 덮고는 교실 밖으로 나가 버렸다. 민후는 어이가 없었다.

수업 시간 내내 태오는 고개를 숙인 채 생각에 빠져 있는 눈치였다. 쉬는 시간이면 기다렸다는 듯 일어나 자리를 비웠다. 태오는 점심시간이 되자마자 도망치듯 교실을 나가 버렸다.

"태오는 어디 갔나 봐? 같이 먹자."

식당에서 혼자 밥을 먹으려는데 주호가 식판을 들고 민후 앞에 자리를 잡고 앉았다.

"너 혹시 그동안 지아한테 이상한 거 못 느꼈어?"

주호의 말에 민후는 막 입에 넣으려던 숟가락을 내려놓았다.

"이상한 점? 하고 싶은 말 있음 그냥 해."

민후가 주호를 똑바로 쳐다보았다.

"걔 아빠가 지아한테 무슨 짓을 했을지도 모른다는 말을 들어서."

주호가 갑자기 목소리를 낮추었다.

"그게 무슨 말이야?"

민후 심장이 바닥으로 툭 떨어졌다.

"어젯밤에 삼촌이 통화하는 소리를 들었거든. 아무래도 지아한테 무슨 일이 생긴 것 같더라고. 알코올 중독이 의심되는 삼촌이 술도 끊고 달려들었다는 건 엄청 중요하고 큰일이라는 뜻이거든. 네가 지아랑 친한 거 같아서 특별히 말하는 거야. 일단 내가 아는 건 여기까지고 혹시 또 다른 얘기 듣게 되면 말해 줄게. 대신 절대 다른 사람한테는 말하면 안 된다."

후다닥 밥을 먹은 주호가 자리에서 일어났다.

이미 식욕이 떨어진 민후는 밥 생각이 없었다. 역시 지아한테 무슨 일이 생긴 게 분명했다. 갑자기 조바심이 생기며 한가하게 이러고 있을 때가 아니라는 생각이 들었다. 생각에 빠져 있다 보니 오후 수업 시간이 어떻게 지나갔는지도 모르게 끝나 있었다.

도망가듯 교실을 나가려는 태오를 민후가 붙잡았다.

"잠깐만 얘기 좀 하자."

민후가 태오 어깨를 잡았다.

"무슨 얘기? 나 빨리 엄마 심부름 가야 돼."

민후는 잡고 있는 태오 어깨에 힘을 주었다. 민후가 쏘아보자 태오 눈빛이 흔들렸다.

"너, 지아 아빠 만났지?"

"내가 왜 걔 아빠를 만나? 내가 지아 아빠를 만날 일이 뭐가 있다고."

태오가 민후 팔을 뿌리치며 소리쳤다.

"게임 렌즈, 지아 아빠한테 선물 받은 거 아냐? 이터널 메모리, 그 생체 연구소에서 나오는 너를 본 사람이 있어. 너, 그거 받고 불법 임상 실험에 참여한 거지, 그렇지?"

민후가 태오를 노려보았다.

"이거 놔. 말도 안 되는 소리 하지 마. 만약 그랬다 해도 네가 무슨 상관인데."

태오는 화를 내며 복도로 나가 버렸다. 민후는 화를 벌컥 내는 태오가 낯선 사람처럼 느껴졌다. 무슨 일인지 학교에 나오지 않는 지아와 변해 버린 태오 사이에서 가슴이 답답했다. 갑자기 모든 게 엉망진창이 된 것 같아 민후는 머리를 감싸 쥐었다. 어디서부터, 무엇부터 해야 하는지 눈앞이 캄캄했다.

갑자기 머릿속으로 스치는 생각이 있었다. 지아와 태오, 두 사람은 일단 지아 아빠인 유명우 박사와 연결되어 있다. 또한 주호 삼촌이 이터널 메모리를 조사하고 있다. 민후는 생체 연구소에서 하고 있다는 불법 임상 실험이 무엇인지 궁금증이 생겼다.

'제노크론 테크와 이터널 메모리에서 어떤 일을 벌이고 있는 걸까.'

하지만 그걸 알아내기에 민후 혼자서는 역부족이었다.

민후는 창가로 걸어갔다. 등이 흠뻑 젖은 주호가 열심히 공을 차는 모습이 보였다. 민후는 중앙 계단을 정신없이 뛰어 내려갔다. 마침 전반전이 막 끝나서 주호가 물을 마시고 있었다.

"어, 여기까지 웬일이야. 무슨 일 있어?"

민후를 본 주호가 물을 마시며 다가왔다. 등뿐만 아니라 셔츠 앞부분도 땀으로 젖어 있었다.

"혹시 내가 삼촌을 좀 만날 수 있을까?"

"오랜만에 저녁 같이 먹기로 했는데 잘되었네. 그럼 삼촌 사무실에 같이 가자."

잠깐 고민하던 주호가 젖은 셔츠를 벗으며 말했다. 셔츠 밑으로 운동으로 다져진 근육이 드러났다.

"얘들아, 미안한데 내가 급하게 일이 생겨서 가 봐야 할 것 같다. 내일 보자!"

주호가 뒤를 돌아 아이들에게 소리쳤다. 영우가 알겠다는 듯 손을 들어 보였다.

"고맙다."

민후는 두말없이 그러자고 하는 주호가 진심으로 고마웠다.

학교를 나온 두 사람은 버스를 타고 삼촌 사무실이 있다는 정류장에서 내렸다.

"하이퍼 타워가 있는 쪽은 땅값이 비싸서 임대료도 엄청나대. 삼촌 사무실은 저쪽이야."

주호가 가리킨 곳은 아직 개발이 되지 않아 낙후된 지역인 B-1블록이었다. 민후도 여기에서 멀지 않은 B블록에서 살고 있었다. 하이퍼 타워를 중심으로 병원이나 큰 회사가 있는 A블록을 제외하면 대부분의 사람들이 B블록에서 흩어져 살고 있는 셈이었다.

민후는 주호를 따라 삼촌 사무실이 있는 곳으로 걸어갔다. A블록과는 확연히 다르게 3, 4층 정도의 낡은 건물이 주를 이루고 있었다. 낮은 건물과 비슷해 보이는 회색 집들이 늘어선 모습은 확실히 도심에서 벗어난 느낌을 주었다. 민후가 사는 동네보다 조금 더 외곽이라 그런지 지나다니는 사람도 별로 없고 쓰레기가 뒹구는 거리는 망해 버린 도시 같았다. 돌이 떨어져 나간 길바닥이 움푹 팬 곳도 많아 조심하지 않으면 넘어질 것 같았다. 주호가 짙은 회색 벽돌로 지어진 3층짜리 건물 앞에 섰다. 지금까지 지나온 건물 중에서 제일 깔끔해 보였다. 두꺼운 유리문 앞에서 비밀번호를 누르자 덜컥, 문이 열렸다.

두 사람은 어두운 계단을 따라 2층으로 올라갔다. 별다른 벽지 없이 콘크리트가 그대로 드러난 벽에 팔뚝이 닿자 차가운 감촉이 전해졌다. 어두컴컴한 복도에 문 여러 개가 일정한 간격으로 늘어서 있었다.

"여기가 삼촌 사무실이야."

주호가 206호 앞에 섰다. 주호가 노크를 하고 문을 열었다. 제일 먼저 열 명 정도 앉을 수 있는 커다란 책상이 눈에 들어왔다. 책상 위에 여러 대의 모니터와 컴퓨터가 놓여 있었다. 각각의 모니터는 차가 다니는 도로나 공원, 어느 건물의 로비를 비추고 있었다.

"어서 와라. 반갑다."

의자에 앉아 모니터를 보고 있던 주호 삼촌이 손을 들었다. 민후는 상상하던 모습과 정반대의 삼촌 얼굴을 보고 깜짝 놀랐다. 삼십 대라고 알고 있는데 벌써 앞머리가 훤히 드러나 언뜻 보면 육십 대 아저씨처럼 보였다. 게다가 입고 있는 옷도 기자라는 이미지와 전혀 맞지 않았다. 목이 늘어진 흰 티셔츠에 파자마 같은 줄무늬 반바지를 입고 있었다.

"처음 뵙겠습니다. 강민후라고 합니다."

인사를 하는 민후에게 삼촌이 명함 한 장을 내밀었다. '의학 전문 기자 김진모'라는 이름이 적혀 있었다. 삼촌이 앉아 있는 책상 옆에 이상한 물건이 눈에 띄었다. 무릎까지 올라오는 장화처럼 생긴 물건

한 짝이 놓여 있었다.

"아, 이거 티-레그라고, 신경과 근육을 대신하는 제어 장비들이 장착되어 있어서 자연스럽게 걷도록 도와주는 디지털 의족이야. 내가 몇 년 전에 사고로 한쪽 다리를 잃었거든. 요즘 기술이 좋아서 진짜 같다니까."

삼촌이 의족을 오른쪽 다리에 끼우고 자리에서 일어났다. 삼촌이 냉장고에서 음료수를 꺼내 민후와 주호에게 주었다.

"자, 앉아서 마셔."

민후는 삼촌이 가리키는 가죽 소파에 앉았다.

"배고프지, 뭐 시켜 줄까? 한식, 중식, 양식, 아님 퓨전?"

"삼촌, 저녁보다 일단 지아 얘기 좀 해 줘."

주호가 민후를 흘깃 보더니 삼촌에게 말했다.

"아, 그럴까? 내가 알고 있는 걸 전부 말해 줄 수 없다는 건 미리 말해 두마. 일단 제노크론 테크 대표 유명우가 무슨 일을 꾸미고 있다는 건 확실해. 내가 이 다리 때문에 몇 년간 제노크론을 들락거리면서 얻어 낸 바에 의하면 언젠가부터 사업 노선이 달라졌다는 거야. 정확히 말하면 제노크론보다는 생체 연구소인 이터널 메모리에 더 힘을 싣고 있다는 이야기야."

"그게 왜요?"

삼촌 말이 끊어지기 무섭게 민후가 질문을 했다.

"음, 예전에 컴펫사가 사람들에게 추억을 되찾아 준다는 명목으로 반려동물 복제에 성공했지만, 사실은 금지된 인간 복제 연구를 하고 있다는 소문이 있었다. 거짓으로 판명 나긴 했지만, 내가 얼마 전부터 다시 조사한 바에 의하면 컴펫사가 아니라 이터널 메모리의 움직임이 심상치 않아. 겉으로는 생체 연구를 하고 있는 것처럼 보이지만 인간 복제 연구를 하고 있다는 정보가 있었거든."

"인간 복제는 불법이라 못 하는 거 아니었어?"

주호가 소파에서 등을 떼어 내며 말했다.

"너희 반에도 말 안 듣는 애들 있지? 어른도 똑같아. 하지 말라고 해도 말 안 듣는 놈이 꼭 있어. 만약 그게 돈이나 가족이 연결되었다면 물불 가리지 않고 덤벼들겠지. 음, 지아가 요즘 결석 중이지?"

삼촌이 팔짱을 끼고 무언가를 생각했다.

"네, 몸이 안 좋다고……. 혹시 아시는 게 있어요?"

삼촌에게 질문을 하는 민후 손바닥에 땀이 배어 나왔다. 인간 복제니 뭐니 갑자기 들은 말에 머릿속이 어지러웠다. 삼촌이 피식 웃음을 흘렸다. 양쪽 귀 위로 곱슬곱슬한 머리카락이 꼬불거렸다. 민후는 기자라는 이미지와는 영 딴판인 삼촌을 믿어도 될까 살짝 의심이 들었다.

"사실 너도 지아가 아파서 결석한 게 아니라는 의심 때문에 여기까지 찾아온 거 아냐? 나도 마찬가지다. 오랜 기자 생활을 해 오며 터득한 육감이 그 어느 때보다 진하게 느껴져."

민후를 보는 삼촌 눈빛이 반들거렸다.

"참, 좀 전에 태오가 생체 연구소로 들어가던데 일단 그 친구를 잘 구슬려 보는 게 어때? 어쩌면 우리보다 더 쉽고 빠르게 지아에

대한 정보를 알아낼 수 있을지도 몰라."

책상으로 돌아간 삼촌이 컴퓨터에 무언가를 입력했다.

역시 예상했던 대로 엄마 심부름을 간다던 태오 말은 거짓말이었다. 민후는 배신감이 느껴지긴 했지만 그래도 어쩔 수 없는 사정이 있을 거라는 가느다란 믿음을 놓고 싶지 않았다.

"혹시 저보고 스파이를 하라는 말씀이세요?"

그제야 주호가 왜 삼촌 사무실로 민후를 순순히 데려왔는지 알 것 같았다.

"민후야, 태오를 배신하라는 게 아니야."

주호가 민후의 표정을 읽고 팔을 잡았다.

"주호 말이 맞다. 우리 중에 아무래도 태오가 이터널 메모리에 접근이 쉬우니 한 말이다. 오해하지 마라."

삼촌이 민후 등을 살짝 두드렸다.

"만약 지아가 위험에 빠진 걸 알고 있거나 무슨 일이 있다는 걸 알았으면 태오는 분명 저한테 제일 먼저 말해 줬을 거예요. 그 자식은 지금 게임 렌즈에 눈이 돌아서 뭘 하는지도 모르고 생체 연구소에 드나드는 거라고요. 지아 아빠가 불법 실험을 한다고는 하지만 그게 꼭 나쁜 일이 아닐 수도 있잖아요. 컴펫사만 해도 반대하는 사람도 있지만 반려동물로 행복해하는 사람도 많고……. 삼촌은 왜 지아 아빠가 나쁜 일을 하고 있는 것처럼 말하시는 거죠? 어떤 이유로 이터널 메모리를 조사하고 있는지 알고 싶어요."

민후의 단호한 표정에 삼촌이 나지막하게 한숨을 내쉬었다.

"유명우 박사가 대표로 있는 제노크론 테크는 생명 공학을 연구하던 곳이었다. 몇 년 전, 공동 대표였던 민영아 박사와 유명우 박사가 중대한 실험에 성공했다며 언론 발표를 앞두고 있었지. 그런데 갑자기 한 사람이 사라져 버린 거야. 민영아 박사가 사고로 죽었다는 말도 돌았고, 한편에서는 유명우 박사의 욕심 때문에 공동 대표였던 두 사람이 갈라선 거라는 소문도 무성했지."

삼촌이 두 팔을 벌리며 어깨를 들어 올렸다.

"혹시 중대한 실험에 성공했다는 게 인간 복제에 관한 것이었을까요?"

민후가 삼촌을 보았다.

"글쎄다, 두 사람만이 알고 있겠지. 성공을 했든 안 했든 중요한 건 지금 이터널 메모리에서 사람을 상대로 불법 임상 실험을 하고 있다는 거야. 정확한 실험 내용은 모르지만 지금 하는 실험이 인간의 뇌에 관련된 거라는 증거를 입수한 상태다. 음, 너희들 복제 인간의 가장 큰 문제점이 뭔지 알아?"

삼촌이 선생의 눈빛으로 민후를 쳐다보았다. 눈빛이 꽤 날카로웠다. 지금까지 기자답지 않다고 생각했던 편견을 단번에 날려 주는 그런 눈빛이었다.

"그, 글쎄요."

민후는 한 번도 생각해 보지 않은 질문이었다.

"기억 공유. 둘이 엄연히 다른 사람인데 기억이 같을 리가 없잖아. 심장, 간, 허파 등등 유전자가 같아도 엄연히 다른 개체인데 뇌

속의 기억이나 생각까지 같을 수는 없잖아. 이미 인간 복제에 성공했다 해도 그게 문제가 되니 이런 일을 벌이는 것일 수도 있겠고."

삼촌이 혼잣말처럼 중얼거렸다.

"그래서 그 기억을 둘이 똑같게 하려고 뇌 실험을 한다는 말이에요?"

민후가 놀란 눈으로 삼촌을 보았다.

"그렇지. 직접 두개골을 열어 보지 않아도 지금 과학 기술 정도면 얼마든지 여러 가지 실험이 가능하지. 아무래도 뇌를 건드리는 거니 위험이 따르는 게 문제라면 문제겠지."

"그럼 지금 그 실험은 유명우 박사가 혼자서 하나? 민 박사라는 사람은 설마 죽은 거야?"

주호가 삼촌에게 물었다.

"나도 그 점이 의문이야. 그야말로 연기처럼 민 박사가 사라졌거든. 아무리 뒤져 봐도 정보가 너무 없어. 상업적 노선을 탄 유명우와 이견이 있었다는 건 확실한데, 정확히 두 사람 사이에 무슨 일이 있었는지는 그들만이 알고 있겠지. 암튼 지금 열심히 조사하고 있으니까 곧 뭐든 알게 될 거다. 그리고 지아에 대한 어떤 소식이라도 알게 되면 꼭 연락해 줄 테니 괜히 섣불리 나서지 말고 너희는 공부나 열심히 하고 있어."

"기다리겠습니다. 꼭 연락 주세요."

민후는 믿을 수 있는 어른을 알게 되어 어느 정도 안심이 되었다.

"자, 얘기는 여기까지 하고, 출출한데 뭐 시켜 줄까?"

삼촌이 주호와 민후를 번갈아 보았다.

"먹을 수 있는 거면 아무거나 감사히 먹겠습니다."

주호가 벌떡 일어나 삼촌에게 허리를 숙였다. 그 모습에 민후가
모처럼 활짝 웃었다.

⑩ 지아의 자살

삼촌 사무실에서 저녁을 먹고 나온 두 사람은 바쁘게 지나는 사람들 틈에 섞였다. 강을 따라 한참을 걷다 보니 건너편 하이퍼 타워에서 광고가 번쩍거렸다. 현란한 홀로그램 속에서 반려동물 복제 서비스인 컴펫 광고가 흘러나왔다. 금발 소녀가 흰 강아지를 안고 푸른 잔디 가운데서 빙그르르 도는 모습과 옆에서 그 모습을 흐뭇하게 바라보는 부모의 눈빛이 인상적이었다. 따스한 빛줄기가 강아지와 소녀를 비추는 장면이 나오자 주호가 광고를 가리켰다.

"내가 키우는 고양이가 있거든. 이름이 모모인데, 만약 모모가 죽으면 난 컴펫 서비스 신청 안 할 것 같아. 아무리 모습이 똑같다지만 그게 모모일 수는 없지. 참, 너도 복제 원숭이 키운다며. 이름이 뮤라고 했나?"

주호가 광고를 보던 눈길을 거두고 민후를 돌아보았다.

"사실 말 안 한 게 있는데 내가 4년 전 교통사고를 당해서 어릴 때 기억이 없어. 그래서 뮤가 언제부터 우리 집에 있었는지는 잘 몰라. 아마도 원래 키우던 원숭이가 죽고 엄마가 컴펫 서비스를 신청했던 게 아닌가 싶은데 물어보지는 않았어."

민후가 들고 있던 빈 음료수 캔을 재활용 자동 처리기에 집어넣었다.

"아, 그랬구나. 힘들었겠네."

주호가 그제야 이해가 간다는 듯 고개를 끄덕였다.

"별로 웃을 일도 없었고, 생각이 안 나니 답답하고, 무엇보다 학교가 재미없었어. 그러다 보니 아이들이랑 어울리기도 힘들었고. 뮤 얘기가 나와서 말인데, 지금은 뮤가 내 전부야. 뮤가 언제부터 같이 살게 되었는지 기억에는 없지만 죽기 전 뮤도, 복제된 뮤도 나에게 똑같이 소중해. 그런 의미에서 솔직히 인간을 복제하는 것도 특별히 잘못되었다는 생각은 들지 않아."

민후가 걸으며 주호를 보았다.

"어쨌든 뮤가 원래의 그 원숭이는 아니잖아. 복제된 동물은 따지고 보면 진짜가 아니라 가짜라고 생각하는데?"

민후 말에 동의할 수 없다는 듯 주호가 말했다.

"진짜, 가짜가 어디 있어. 죽은 원숭이도 소중했겠지만 지금 내 옆에 있는 복제된 뮤도 지금 나랑 같은 기억과 추억을 공유하는 엄청 중요한 존재야. 진짜, 가짜는 아니지. 쌍둥이가 겉모습은 같아도 다른 사람인 것처럼 원본과 복제된 개체도 유전자는 똑같지만 각각

다른 개체라고 생각해. 아, 복잡하다."

민후가 손으로 뒷머리를 흩트렸다.

"그냥 저 광고를 보니까 네 생각은 어떤지 궁금해서 물어봤어."

주호가 팔을 올리고 밤공기를 들이마셨다. 어느새 컴펫 광고는 게임 렌즈 광고로 바뀌어 있었다.

"난 아직 저거 안 해 봤는데, 가상 세계가 엄청 리얼해서 저기에 빠진 애들이 많대. 뭐, 태오가 게임에 빠진 이유를 알 것 같기도 하고. 나 같아도 정반대 세계에서 멋진 캐릭터로 살 수 있다면 게임을 할 것 같기는 해. 솔직히 빠져나오지 못할까 봐 겁나서 아직 못 해 보고 있지만."

주호 입에서 다시 태오 이름이 나오자 민후는 마음이 안 좋았다.

"암튼, 오늘 너에 대해 좀 더 알게 된 거 같아 반갑다."

주호가 민후 등을 툭 쳤다.

"나도 오늘 도움 많이 받았어. 삼촌 만나게 해 줘서 고맙다."

민후가 주호에게 손을 내밀었다. 주호가 장난스럽게 민후 손을 꽉 잡고 흔들었다. 운동도 공부도 잘하는 주호는 자신과 완전 다른 부류라고 생각했는데 통하는 게 많아 의외였다. 보면 볼수록 괜찮은 친구라는 생각이 들었다.

"이제 집으로 갈 거야?"

주호가 민후에게 물었다.

"나, 아무래도 직접 지아를 찾아봐야겠어."

민후가 환하게 불빛을 밝히고 있는 하이퍼 타워를 뚫어지게 쳐다보았다.

"너 지아 진짜 좋아하는구나."

주호가 민후 어깨에 손을 둘렀다.

"그게 아니고 친구……."

민후가 말을 끝맺기 전에 요란스레 구급차가 지나갔다. 경찰차가 사이렌을 울리며 그 뒤를 쫓았다. 하이퍼 타워 쪽에 무슨 일이 생긴 모양이었다.

정체 모를 불안감이 민후를 감쌌다. 갑자기 귓속에서 쉬이익, 바람 소리가 들렸다. 민후는 걸음을 멈추었다. 저녁을 먹고 약을 먹었는데 귓속에서 잡음이 들렸다. 한 번도 이런 적은 없었다.

—민후야.

어딘가에서 지아 목소리가 들렸다. 민후는 깜짝 놀라 주위를 두리번거렸다.

"왜 그래?"

주호가 의아한 눈으로 민후를 보았다.

"지아 목소리가 들렸는데, 혹시 너도 들었어?"

"지아 목소리라니 뭔 소리야."

주호가 황당하다는 표정을 지었다.

—민후야, 도망쳐.

다시 지아 목소리가 들렸다. 깨끗하고 선명한 지아 목소리였다. 절대 잘못 들은 게 아니었다. 민후는 사고 난 하이퍼 타워 쪽으로 달리기 시작했다.

"어디 가?"

정신없이 달려가는 민후 뒤를 쫓으며 주호가 소리쳤다.

하이퍼 타워 앞에 수많은 사람이 모여 있었다. 민후는 두려운 마음으로 사람들 사이를 비집고 들어갔다. 구급대원들이 흰 천을 덮은 사람을 구급차에 싣고 문을 닫았다.

"저 위에서 떨어졌대."

한 남자가 고개를 쳐들고 타워 위쪽을 가리켰다. 남자가 가리킨 곳은 쇼핑센터가 있는 3층 난간이었다.

"자살인가?"

"모르지."

"죽었대요?"

"모르죠. 그런데 저 위치면 죽지 않았을까요?"

"끔찍해라."

삼삼오오 모인 사람들이 떠드는 소리에 민후 등줄기로 소름이 돋았다.

이동식 바퀴가 달린 경찰 로봇이 모여 있는 사람들을 향해 물러나라는 메시지와 함께 경고등을 흔들었다. 사람들이 흩어지자 하이퍼 타워 앞은 아무 일도 없었다는 듯 다시 평온하게 바뀌었다. 클린봇이 피로 보이는 바닥 얼룩을 부지런히 지우고 있었다.

"야, 이게 무슨 일이야. 어휴, 소름 끼쳐. 우리도 그냥 가자."

주호가 민후의 어깨를 툭 쳤다. 민후는 사람들이 말한 3층 난간을 올려다보았다. 주호 말대로 이곳에서 벗어나려고 했지만 무언가가 민후를 이곳에 붙잡아 두는 느낌이 들었다.

"그만 가자고."

"그래."

주호가 민후 팔을 잡아끌었다. 좀 전에 들었던 지아의 목소리는 무엇이었을까? 민후는 머리가 복잡했다. 발밑으로 클린봇이 뿌린 물이 흥건하게 흘렀다. 인도로 올라서려는데 물이 흘러 들어가는 하수구에서 무언가 반짝 빛나는 게 보였다. 하수구로 허리를 숙인 민후의 두 눈이 휘둥그레졌다.

놀이공원에서 지아에게 선물했던 것과 똑같은 목걸이가 하수구에 걸려 있었다. 민후는 금방이라도 하수구로 빨려들 것처럼 위태롭게 걸린 목걸이를 얼른 집어 들었다. 눈앞이 캄캄해지면서 물에 젖은 목걸이를 든 손이 덜덜 떨렸다. 머릿속이 하얗게 되어 아무것도 생각할 수가 없었다.

"그게 뭐야? 목걸이네. 저기서 떨어진 사람 건가?"

주호가 께름칙한 목소리로 말했다.

"이 목걸이 내가 지아한테 선물한 거야. 지아가 떨어진 게 분명해. 지아가 어느 병원으로 갔을까?"

민후의 목소리가 심하게 떨렸다.

"뭐라고? 벼, 병원이라면, 아, 잠깐만, 삼촌한테 시시티브이 화면 좀 확인해 달라고 할게."

우왕좌왕하던 주호가 통화를 하는 사이 다리가 풀린 민후는 목걸이를 손에 쥔 채 구석에 주저앉았다.

'도대체, 왜, 왜 그런 짓을 한 거야.'

문득 좀 전에 들렸던 지아 목소리가 떠올랐다. 지아가 떨어지기 전 자신을 부른 게 확실했다. 왜 민후를 불렀으며 어떻게 그게 가능했는지 생각해 보려 했다.

'지아는 왜 나한테 도망치라고 했을까? 누가 쫓기라도 한다는 말인가.'

답을 알 수 없는 의문이 꼬리를 이었다.

"삼촌이 알아보고 연락 준다고 일단 집으로 돌아가 있으래."

삼촌 말대로 민후가 이곳에서 할 수 있는 일은 아무것도 없었다.

주호랑 헤어진 민후는 어떻게 집으로 돌아왔는지 기억도 나지 않았다. 옷도 갈아입지 않고 컴컴한 방에 우두커니 앉아 있는데 엄마가 방문을 열고 들어왔다.

"불도 안 켜고 뭐 하니? 밤늦게까지 어딜 쏘다니다 오는 거야."

엄마 말에 민후는 미동도 없었다.

"민후야, 너 무슨 일 있니?"

대답이 없는 민후를 본 엄마가 걱정스러운 얼굴로 민후 표정을 살폈다.

"친구한테 안 좋은 일이 생겨서……."

변명 같지만 사실이었다.

"안 좋은 일이라니? 무슨 일인지 엄마한테 말해 봐."

엄마가 민후 옆에 앉았다. 민후는 아무 생각 없이 한 말이 후회되었다.

"아니, 별일 아니에요. 주호라는 친구랑 어디 좀 들렀다 오는 바람에 늦었어요. 저 좀 씻을게요."

민후는 엄마랑 눈을 마주치지 않고 자리에서 일어났다.

"민후야, 잠시만 앉아 봐. 할 얘기가 있는데……. 다음 주에 이사를 할까 생각 중이야. 미리 말 안 해서 미안하다. 여기서 멀리 떨어진 곳으로 가서 새롭게 시작하면 어떨까 해. 바다가 보이는 조용한 곳으로. 엄마도 꽃집 말고 다른 일을 해 보고 싶어."

"이사? 인테리어 다시 한 거 아니야?"

일부러 엄마에게 거리감을 두느라 존댓말을 하던 민후 입에서 저절로 반말이 나왔다.

"그건 꽃집을 팔려고 한 거였어. 낡고 허름한 꽃집을 누가 사겠어. 그리고 너 학교 재미없어하는 거 엄마가 다 알아. 그냥 온라인 수업으로 바꾸고 집에서 공부하자. 괜히 학교에 나가서 이런저런 일로 신경 쓰는 것보다……."

민후는 엄마 말을 잘랐다.

"싫어. 여기서 그냥 살 거예요. 나 학교 좋아졌어. 친한 친구도 생겼고……."

좋아하는 여자아이도 있다는 말은 하지 않았다.

"그래서 문제라는 거야. 이제 컸다고 버스 타고 놀이공원도 갔다 오고, 가지 말라는 하이퍼 타워에도 마음대로 드나들고. 너 그러다 또 사고 나면……."

엄마가 아차 싶었는지 입을 다물었다.

"사고가 무서우니 나보고 집에만 있으라는 거야?"

민후는 처음으로 엄마를 보며 눈을 부릅떴다.

"엄마가 괜히 그러니? 너 이명 때문에 그러는 거잖아. 약 떨어진
것도 모르고, 가지 말라는 하이퍼 타워 안에 있는 병원에 간 거 엄마
가 모를 줄 알아?"

엄마 목소리가 높아졌다.

"왜 남의 방을 뒤지고 그래. 내 일이니까 내가 알아서 한다고!"

민후는 거칠게 문을 닫고 방에서 나왔다. 화장실에 들어간 민후는
찬물로 세수를 했다. 물이 뚝뚝 흐르는 거울 속 자신의 표정이 한껏
일그러져 있었다. 엄마가 안방으로 들어가는 소리가 나자 민후는 다
시 방으로 들어와 문을 잠갔다.

사고로 잃어버린 기억, 죽은 준후만 생각하는 엄마, 겉돌던 학교
에서 간신히 찾은 행복이었다. 울컥하는 마음에 눈시울이 뜨거워졌
다. 비록 지금은 엉망진창이지만 꼭 다시 모든 걸 제자리로 되돌려
놓겠다고 다짐했다.

'지아야, 반드시 너를 찾을 테니까 기다려 줘.'

어디에 있는지 모르겠지만 지아는 분명 민후 목소리를 듣고 있을
거라는 막연한 생각이 들었다. 민후는 어느 병원에 있든 지아가 제
발 살아 있기를 간절히 빌고 또 빌었다.

⓫
행방불명

　토요일 아침, 주호에게서 연락이 왔다. 잠결에 받았지만 지아라는 말에 두 눈이 번쩍 뜨였다.

　"뭐 좀 알아낸 거 있어?"

　민후는 침대에서 일어나 앉았다. 간밤에 잠을 설친 탓에 몸도 마음도 무거웠다.

　"삼촌이 알아본 바에 의하면 어느 병원에도 지아가 없대."

　"병원에 없으면 어디 있다는 거야?"

　잠잠하던 민후 심장이 빠르게 뛰기 시작했다.

　"삼촌 말로는 지아가 하이퍼 타워 안에 있는 생체 연구소에 있는 것 같다는데……. 이터널 메모리 말이야."

　큰 병원으로 옮겨도 시원찮을 판에 왜 지아가 이터널 메모리에 있다는 건지 이해가 되지 않았다. 최신 기술과 첨단 장비가 갖추어진 대형 병원을 놔두고 왜 생체 연구소인 이터널 메모리에 딸을 데려다 놓은 건지 지아 아빠의 생각을 알 수 없었다.

"삼촌이 무슨 일인지 알아보고 알려 준다고 했으니까 기다려 보자. 그리고 절대 나서지 말라고 신신당부했어. 사실 너한테는 말하지 말라고 했는데 네가 궁금해할 것 같아서 말해 주는 거야."

"알았어. 고맙다."

하지만 지아가 어디에 있는지 뻔히 아는데 가만히 앉아 구경만 할 수는 없었다. 민후는 이터널 메모리에 드나드는 태오가 떠올랐다. 태오라면 뭔가 조그만 정보라도 알고 있을지 몰랐다.

워치폰의 신호가 한참 울렸지만 태오는 답이 없었다. 민후가 이제 자신의 연락도 안 받는 건가 싶어 실망하려는 찰나, 자다 깬 태오 목소리가 들렸다.

"어, 미, 민후야, 네가 웬일이야."

태오 목소리에 당황한 기색이 역력했다.

"지아가 다쳤는데 하이퍼 타워 안에 있는 이터널 메모리에 있대. 너 혹시 알고 있는 거 있어?"

"뭐, 지아가 이터널 메모리에 있다고? 그럴 리가 없는데. 분명히 구급차 타고 병원으로 갔는데."

태오의 놀란 표정이 눈에 보이는 듯했다.

"구급차를 봤다고? 그럼 너도 거기에 있었던 거야? 아는 거 있으면 자세히 좀 말해 봐."

민후 목소리가 저절로 커졌다.

"모, 몰라, 난 아무것도 몰라. 모른다고."

두려움에 떠는 태오 목소리가 갑자기 끊겼다.

"여보세요, 태오야, 윤태오!"

민후는 무언가 안 좋은 일이 벌어지고 있다는 예감에 머리카락이 쭈뼛 섰다. 벌떡 일어나 옷을 입었다. 태오는 무언가 알고 있는 게 틀림없었다. 엄마가 출근을 하는지 신발을 신는 소리가 들리더니 곧 이어 현관문이 닫혔다. 민후가 방문을 열고 나왔다. 뮤가 자꾸 따라오려고 했다. 요즘 뮤에게 너무 소홀한 것 같아 미안한 마음이 들었지만 어쩔 수 없이 혼자 나가야 했다.

"미안, 다녀와서 많이 놀아 줄게."

민후는 먹을거리와 장난감을 방에 놓아두고 집을 나섰다.

태오네 집은 두 블록 떨어진 곳에 있었다. 민후네 동네보다 덜 깨끗하고 더 번잡스러운 곳이었다. 태오네 집이 가까워질수록 여기저기 널린 쓰레기가 눈에 띄었다. 클린봇이 똑같이 청소를 하는데도 태오네 동네는 늘 지저분했다.

저만치 앞에 태오가 집을 나서는 게 보였다.

"윤태오! 어디 가는 거야?"

민후는 얼른 뛰어가서 태오 뒷덜미를 잡았다. 태오는 갑작스레 나타난 민후를 보고 눈이 휘둥그레졌다.

"어, 지금 너희 집에 가려던 참이었어. 이터널 메모리는 내가 몇 번 가 봐서 잘 알아."

태오가 퉁퉁 부은 눈으로 어색한 미소를 지었다.

"고맙다."

여러 말을 하지 않아도 태오 마음을 알 것 같았다.

"고맙긴. 지아는 내 친구이기도 하잖아. 사실대로 말할게. 너랑 지아랑 어디를 가고 뭘 하는지 알려 주면 유명우 박사님이 게임 렌즈를 선물해 준다는 말에 해서는 안 될 짓을 했어. 그깟 게임 렌즈 때문에 친구를 팔아먹다니, 정말 미안하다. 아마 지아에게 그런 일이 생기지 않았으면 나는 계속 그 짓을 하고 있었을지도 몰라. 그동안 유명우, 아니 지아 아빠가 딸한테 하는 게 조금 이상하다고 생각하던 참이거든."

"이상하다니? 뭐가, 어떤 점이 그랬는데?"

태오 말에 민후가 다그쳐 물었다.

"사실 어제 연구소에서 지아랑 마주쳤는데 표정이 되게 어둡더라고. 왠지 찝찝했는데 지아한테 그런 일이 생긴 거야. 병원도 아니고 연구소에 있다는 말을 들으니 가만히 있을 수가 없었어. 네 말대로 지아한테 무슨 일이 있었던 게 분명해."

태오가 고개를 숙인 채 대답했다.

"학교도 안 나오면서 집도 아니고 지아가 연구소에는 왜 있던 거지? 너는 또 연구소에서 뭘 한 거야? 정말 불법 임상 실험에 참여한 거야?"

민후는 고개를 숙이고 있는 태오가 답답했다.

"게임 렌즈도 받았는데 부탁을 거절할 수가 없었어. 불법 임상 실험인지는 모르겠고, 그냥 기계에 잠깐 앉아만 있으면 된다고 해서……. 사실 간단한 일이긴 했어. 아마 지아도 아빠 일이니까 도우려고 연구소에 온 게 아닐까?"

죄지은 사람처럼 태오 목소리가 점점 작아졌다.

"나한테 말 좀 해 주지 그랬어. 지아도 친구지만 나도 네 친구잖아."

민후는 울컥 화가 치밀어 올랐다. 하고 싶은 말은 많았지만 말을 아끼기로 했다. 태오의 행동이 어느 정도 이해되기는 했다. 고가의 게임 렌즈를 선물로 받았는데 간단한 실험에 참가해 달라는 친구 아빠의 부탁을 거절하기 어려웠을 것이다. 계속 이어지는 그다음 부탁도 역시 거절하기 힘들었을 것이다.

민후의 워치폰에서 메시지 알림이 들렸다. 지금 어디냐는 주호의 메시지에 민후는 곧바로 생체 연구소로 갈 거라고 답했다.

"일단 연구소로 가자. 가면서 더 얘기하자."

민후가 무인 택시를 예약하며 태오에게 말했다. 1분도 안 되어 은색 택시가 두 사람 앞에 도착했다. 민후가 운전석에 앉아 자율 주행 내비게이션에 하이퍼 타워를 입력하자 곧바로 택시가 출발했다.

"왜 지아 아빠는 지아를 병원에 입원시키지 않고 연구소로 데려갔을까? 연구소가 병원보다 첨단 장비가 더 많은가?"

혼잣말처럼 중얼거리던 민후는 도무지 이해가 가지 않았다. 창밖을 내다보며 생각에 빠져 있던 태오가 힘없는 목소리로 말했다.

"내 생각에는 지아도 아빠가 하는 임상 실험에 참여하고 있었던 것 같아."

"뭐라고? 아무리 그래도 딸 목숨이 중요하지 그깟 실험이 중요하냐? 대체 넌 거기서 뭘 한 거야?"

민후가 날 선 목소리로 질문했다. 주말이라 하이퍼 타워가 가까워질수록 사람도 차도 점점 많아지고 있었다. 택시 속도가 현저하게 줄어들었다.

"정말 간단한 거였어. 그냥 주사 한 대 맞고, 머리통 여기저기에 뭘 막 붙인 채 그냥 누워 있었어."

"그게 다야?"

태오 말에 민후가 되물었다.

"천장에 붙은 컴퓨터 화면에 여러 가지 질문이 나오더라고. 그럼 대답하고……. 그림도 보고 게임 같은 것도 하고 내가 어제 한 일을 전부 떠올려 보라고 한 게 다였어. 머릿속 데이터를 읽는다나? 데이터 마이닝, 채굴 뭐 어쩌고 하던데 복잡해서 다 까먹었어. 내 생각인데, 혹시 머리 똑똑해지는 약 같은 거 만들려고 한 게 아닐까? 뭐, 여러 사람 데이터가 필요하니까 지아도 아빠가 하는 연구에 당연히 참여했겠지……."

태오가 말끝을 흐렸다. 태오 말대로라면 전혀 걱정할 게 아니지만 그래도 다친 사람을 병원에 데려가지 않은 이유는 이해가 가지 않았다. 한편으로는 지아가 많이 다치지는 않은 건가 하는 생각도 들었다. 어쨌든 병원이 아닌 연구소에 지아가 있다는 게 찜찜하고 마음에 걸렸다.

일단 민후는 지아가 무사한지 두 눈으로 확인하고 싶었다. 도로는 정체가 점점 심해지고 있었다.

"지아 아빠는 지아가 학교에서 아이들이랑 어울리지 않아서 제일 걱정이라고 하더라."

부모라면 누구나 걱정할 일이긴 했다. 그 말을 들으니 지아 아빠를 괜히 의심하고 있었나 하는 생각이 들었다.

"나보고 지아가 학교에서 아이들이랑 잘 지낼 수 있게 도와 달라고 했어. 그리고 조금이라도 지아한테 이상한 점이나 무슨 일 있으면 연락 달라고……."

지아 아빠가 태오에게 한 말은 지극히 정상적이지만 마지막 말이 마음에 걸렸다.

"이상한 점이라니?"

"혹시, 지아가 집에서 자해를 한 게 아닐까? 걔 몸에 멍 자국이 있다고 네가 걱정했잖아. 사실 나도 며칠 전에 봤거든. 그전까지는 걱정 안 했는데 지아가 슬슬 걱정되더라고."

태오 말에 민후는 지아 몸에 있던 멍 자국을 보고도 아무것도 묻지 않은 게 후회되었다.

드디어 택시에서 하이퍼 타워 앞에 도착했다는 안내 음성이 나왔다.

"강민후, 윤태오!"

택시 정류장 앞에 서 있던 주호가 손을 흔들며 다가왔다.

"네가 여기 웬일이야?"

갑자기 나타난 주호를 보고 태오 눈이 동그래졌다.

"삼촌이 절대 나서지 말라고 한 말 잊었어? 내가 너희들 이럴 줄 알았다. 지금 생체 연구소에 들어가려는 거지?"

주호가 어이없다는 듯 팔짱을 꼈다.

"걱정하지 마. 나한테 출입증 있어."

태오가 주머니에서 네모난 고객용 출입증을 내보였다.

"어휴, 그럴 줄 알았다. 그건 일반 사람들이 드나들 때 쓰는 거고. 아무튼 따라와."

한심하다는 듯 혀를 찬 주호가 앞서 걸으며 바코드가 새겨진 투명 카드를 내밀었다.

"그거 뭐야? 출입증?"

태오가 주호 뒤를 쫓아가며 물었다.

"삼촌 서랍에서 슬쩍했어. 하이퍼 타워 안 어디든 다닐 수 있는 무적 카드라고나 할까. 원래 연구원용인데 삼촌이 뒤로 구한 거야. 이거 없이는 지아가 있는 곳까지 못 갈 거다."

타워 안으로 들어가며 주호가 씨익 웃었다.

"너는 지아랑 별로 친하지도 않으면서 이렇게까지 도와주는 이유가 뭐야? 혹시 너 지아 좋아해?"

민후는 선뜻 제 일처럼 나서는 주호가 이해되지 않았다. 태오가 호기심 가득한 눈으로 두 사람을 번갈아 보았다. 주호가 머리를 긁적이다 입을 열었다.

"친하지 않다고 친구가 아닌 건 아니잖아? 그리고 지아랑은 이제부터 친해지면 되지."

주호가 빙그레 웃었다.

"이 자식 지아 좋아하는 거 맞네. 강민후, 내가 너한테 경고했었지?"

태오가 거 보라는 듯 이죽거렸다.

"강민후, 걱정 마. 지아를 친구로서 좋아하는 거지 여자로 좋아하는 거 아니니까."

민후는 주호 말이 진심인지 아닌지 헷갈렸다. 묻고 싶은 게 많았지만 지아를 찾는 게 더 급했다.

세 사람은 하이퍼 타워 1층의 넓은 로비를 지나 주호가 가리키는 좁은 복도로 들어섰다. 길게 이어지는 복도 끝 자동문에 '관계자 외 출입 금지'라는 글자가 적혀 있었다.

"여기는 생체 연구소 직원들만 드나드는 입구야."

주호가 민후와 태오를 보며 목소리를 낮추었다. 주호가 네모난 패널에 바코드를 대자 띠릭, 소리와 동시에 자동문이 열렸다.

화려하고 번잡한 로비와 달리 직원용 로비는 지나다니는 사람도 없고 조용했다. 세 사람은 직원용 엘리베이터 앞에 서서 버튼을 눌렀다.

"혹시 카드 없어진 거 알면 안 되니까 난 삼촌한테 가 있을게. 무슨 일 있으면 연락해."

주호가 엘리베이터에 올라탄 민후와 태오에게 손을 들어 보였다. 지아 때문에 오해했지만 주호가 아니었으면 이곳에 발을 들여놓지 못했을 거라는 생각이 들었다.

"고맙다."

"고맙긴. 조심해라. 무슨 일 있으면 연락하고."

주호가 민후에게 투명 카드를 건네주었다. 닫히는 엘리베이터 문 사이로 듬직한 주호 뒷모습이 보였다.

⑫
유명우의 정체

"혹시 누가 여기에 어떻게 들어왔냐고 물으면 팀장님 연락받고 왔다고 해."

태오 말에 민후가 되물었다.

"팀장님?"

"임상 실험에 참여하는 사람에게 연락해 주는 브로커를 그렇게 부르더라고."

이곳에서는 대체 무슨 실험을 하는 걸까. 태오 말대로 사람들에게 도움이 되는 약을 개발할 수도 있지만 주호 삼촌이 뒷조사를 하고 있는 걸로 보아 좋은 쪽은 아니라는 생각이 들었다. 미소 뒤에 감춰진 유명우의 진짜 속내는 무엇일까. 민후는 테마파크에서 자신을 쏘아보던 유명우의 차가운 눈빛이 떠오르자 소름이 끼쳤다.

"그런데 이 타워 50층짜리 건물 아닌가? 위에 버튼이 하나 더 있네."

민후가 이상하다는 듯 '51F'라고 쓰여 있는 버튼을 눌렀다.

"나도 여기 드나들면서 눌러 봤는데 그냥 장식인지 작동이 안 되더라고."

태오가 엘리베이터 버튼을 보며 턱짓을 했다.

"일단 49층 제노크론 테크부터 가 보자. 참, 너 무슨 주사 맞았다며 몸은 괜찮은 거야?"

민후가 걱정스러운 눈으로 태오를 쳐다보았다.

"아, 그거, 벌써 똥으로 빠져나갔을걸? 뭔지 몰라도 그런다고 했으니까."

태오 말에 민후가 한숨을 쉬었다.

"야, 너는 그게 정확히 뭔지도 모르고 맞냐? 그러다 큰일 나면 어쩌려고."

"지아 아빠잖아. 설마 딸 친구인데…… 그렇게 위험한 일은 아닐거라고 생각했지."

태오가 민후 눈치를 보았다.

"어휴, 게임 렌즈에 눈이 멀어서 친구도 팔아먹고."

민후가 주먹으로 태오 어깨를 툭 쳤다.

"뭘 팔아먹어. 지아를 걱정하는 마음에 그런 거지. 암튼 미안하게됐다."

"난 됐으니까 나중에 지아한테 사과해."

"알았어."

태오의 대답과 동시에 엘리베이터 문이 열렸다.

투명 유리문 안쪽으로 '제노크론 테크'라는 로고가 보였다. 민후가 유리문 앞으로 다가가자 스르륵 문이 열렸다. 뒤따라 들어온 태오가 민후에게 턱짓을 했다. 왼쪽으로 출입 보안 시스템 게이트가 있었다. 아마 제노크론 테크에서 일하는 직원들이 드나드는 출입구 같았다. 오른쪽은 태오가 갔다던 임상 실험실이 있는 곳이었다.

두 사람을 알아보고 모니터를 달고 있는 안내 로봇이 다가왔다. 태오가 익숙한 듯 모니터에 이름과 숫자를 적어 넣자 모니터에서 스크리닝실로 가라는 메시지가 깜빡거렸다. 복도에 여러 방이 길게 늘어서 있었다. 기본 검사실, 채혈실, 검진실을 지나쳐 신체검사를 위한 스크리닝실 쪽으로 천천히 걸어갔다. 방문이 모두 닫혀 있어 안쪽에서 무슨 일을 하고 있는지는 알 수가 없었다. 방 앞에 놓여 있는 의자에서 순서를 기다리는 사람들이 몇 있었는데 하나같이 어려 보였다.

민후와 태오는 스크리닝실을 지나쳐 맨 끝 방까지 걸어갔다. 커다란 방은 대기실인 듯 음료 자판기와 테이블이 여러 개 놓여 있었다. 친구 사이로 보이는 두 여자아이가 음료수를 마시며 수다를 떨다 두 사람을 흘깃 쳐다보았다. 검진실 문이 열리며 흰 가운을 입은 남자가 나오더니 긴 복도를 걸어갔다. 들어올 때 보았던 직원들이 다니는 게이트 쪽이었다. 안내 로봇이 민후와 태오 쪽으로 다가오고 있었다. 차례가 되었는데도 들어가지 않고 대기실에 있자 다가오는 것 같았다.

"여기는 아닌 것 같지? 우리도 저 사람 따라가 보자."

민후가 게이트를 통과하고 있는 남자를 턱짓으로 가리켰다.

"그래."

태오가 얼른 로봇에게 다가가 등록 번호를 입력하고 취소 버튼을 눌렀다. 안내 로봇은 몸을 돌려 입구에서 두리번거리는 한 여자에게로 스르륵 미끄러져 갔다.

보안 게이트에 바코드를 대자 띠릭, 출입구가 열렸다. 아무도 없는 조용한 복도를 조심스레 걸었다. 복도 천장에 붙은 시시티브이가 두 사람을 향해 움직였다. 민후는 누군가 두 사람을 보고 있는 것 같아 입 안이 바싹 말랐다.

"엄마가 눈치를 챈 것 같아서 앞으로 임상 실험에 참가하지 못할 것 같다고 박사님한테 말했거든. 그랬더니 앞으로 딱 한 번만 더 도와 달라고 하더라고. 인생을 건 프로젝트가 거의 끝나 가고 있다면서."

태오 말을 들은 민후 눈이 동그래졌다.

"인생을 건 프로젝트?"

"이게 모두 지아를 위한 거라고, 친구니까 도와 달라고 하더라. 그러니까 맘이 약해지는 거야. 딸을 위해 인생을 걸다니! 멋진 아빠라고만 생각했는데 지금 생각해 보면 뭔가 이상해. 지아는 그런 아빠한테 고마워하는 것 같지도 않고 표정이 늘 어두웠거든. 게다가 병원에도 안 데려가고 여기서 대체 뭘 하는 건지……."

태오 말을 들은 민후는 머리카락이 쭈뼛 곤두섰다. 지아를 위한 프로젝트, 지아를 위한 임상 실험. 지아에게 무슨 일이 일어나고 있다는 어렴풋한 추측이 확신으로 바뀌었다. 지아가 어디에 있는지 서둘러 찾아야 한다는 생각이 머릿속에 가득 찼다.

그때 복도 끝에 있는 문이 열리는 소리가 들렸다. 태오와 민후가 재빨리 화장실로 들어갔다.

"오른쪽에 있던 임상 연구소는 일반인 대상인 것 같고, 여기는 연구원만 있는 것 같아. 아무래도 49층에는 지아가 없는 것 같은데."

민후가 목소리를 낮추며 말했다.

"분명, 접근 금지 표시가 붙은 방이 있었는데, 거기가 어디더라……. 여기가 아니고 50층인가? 지아 아빠 사무실에 가면서 본 적 있거든."

태오가 뒷머리를 문질렀다.

"그래? 그럼 50층으로 올라가 보자."

민후가 화장실 밖으로 살짝 얼굴을 내밀었다. 다행히 복도에는 아무도 보이지 않았다.

"50층으로 연결되는 계단이 따로 있어. 따라와."

태오가 화장실 문을 열고 앞장을 섰다.

"야, 저기는 복도 끝이잖아. 길이 없는 거 아니야?"

태오 뒤를 따라가며 민후가 의심스러운 목소리로 중얼거렸다.

"쉿, 바코드 줘 봐."

앞서 걷던 태오가 갑자기 옆으로 사라졌다. 끝인 줄 알았던 복도 끝으로 벽과 같은 색의 문이 나타났다. 벽이 움푹 들어간 탓에 민후가 있던 곳에서는 벽이 이어진 것처럼 보였던 것이다.

태오가 문에 달린 손바닥만 한 패널에 바코드를 대자 스륵, 문이 열렸다.

태오만 들어가고 문이 닫히자 뒤따라온 민후는 당황스러웠다. 태오가 문을 열려고 바코드를 댔지만 꿈쩍도 하지 않았다. 어이없는 표정으로 민후가 문 앞에 잠시 섰다. 그 순간 누가 열어 준 것처럼 스르륵 문이 다시 열렸다.

"야, 혼자만 들어가면 어떻게 해."

"미안, 문이 그렇게 빨리 닫힐 줄 몰랐지. 암튼 열렸으니 됐잖아. 빨리 가자."

태오가 뒷머리를 긁적거리며 앞장을 섰다.

50층으로 이어지는 계단을 따라 올라갈수록 알코올 냄새가 점점 진해졌다. 계단을 올라간 민후가 50층 문 앞에 서자 이번에도 스르륵 문이 열렸다.

"입구만 통과하면 그냥 열리나 본데?"

뒤에서 올라오던 태오가 안으로 들어서며 중얼거렸다.

"우와, 이런 데서 하루만이라도 살아 봤으면 좋겠다."

투명한 유리창 밖으로 유유히 흐르는 강물이 보였다. 옅은 베이지색 가죽 소파 뒤로 벽에 걸린 액자 속 그림들은 한눈에도 비싸 보였다. 반질반질한 하얀 대리석 바닥은 얼굴이 비칠 정도로 깨끗했다.

태오가 창문에 붙어 떨어질 줄을 몰랐다. 민후도 놀랍기는 마찬가지였다. 가장 높은 하이퍼 타워 꼭대기에서 내려다보이는 모든 게 여유롭고 한가해 보였다. 산자락에서 시작된 주홍색 노을이 점점 하늘로 퍼지고 있었다. 민후는 지아랑 구름다리에서 본 오렌지빛 하늘을 생각했다.

생각에 빠져 있던 민후는 갑자기 뒷목이 따끔해 뒤를 돌았다. 흰 가운을 입은 낯선 남자 손에 주사기가 들려 있었다. 놀란 민후가 소리를 질렀지만 입 밖으로 새어 나오지 못했다. 다리에 힘이 풀린 민후가 풀썩 주저앉았다. 민후는 자신보다 먼저 바닥에 쓰러져 있는 태오를 보며 정신을 잃었다.

⑬
또 한 명의 지아

민후는 머리가 깨질 것 같은 통증에 얼굴을 찡그렸다. 팔을 들어
올리려 했지만 꼼짝도 할 수가 없었다. 간신히 눈을 떠 보니 몸이 침
대에 묶여 있었다. 순간 바닥에 쓰러졌던 태오가 떠올라 주위를 두
리번거렸다. 간신히 고개를 들고 보니 가슴 위로 두꺼운 금속 바가
채워져 있었다. 손목과 발목도 마찬가지였다. 창밖으로 먹구름 가득
한 거무스름한 하늘이 보였다. 금방이라도 비가 쏟아질 것 같았다.

"으으."

테이프로 입이 막혀 있어 소리도 지를 수 없었다. 옆으로 고개를
돌린 순간 맞은편 벽 쪽 침대에 누군가 누워 있는 모습이 눈에 들어
왔다.

"으, 으, 으으."

움직임이 없는 걸로 보아 민후처럼 납치되어 정신을 잃은 건지도

몰랐다. 힘껏 소리를 질렀지만 낼 수 있는 소리라고는 신음뿐이었다.

민후는 누워 있는 사람을 깨우기 위해 몸부림을 쳤지만 소용없었다. 민후와 떨어져 있었지만 여자인 건 분명해 보였다. 여자는 죽은 사람처럼 꼼짝도 하지 않았다.

"으으, 으으으!"

혈관이 비칠 정도로 흰 피부는 햇빛을 전혀 보지 못한 사람처럼 창백했다. 검은 머리 때문에 피부가 더 희게 보이는 것 같기도 했다. 민후는 여자가 죽은 게 아닐까 싶어 움직임을 멈춘 채 가만히 여자를 쳐다보았다. 다행히 가슴께가 오르락내리락하는 게 보였다. 그런데 어쩐지 눈을 감은 모습이 낯익었다. 어디서 많이 본 얼굴이라는 생각에 눈을 감았다 다시 떴다. 여자의 얼굴을 쳐다보던 민후 등줄기로 식은땀이 흘렀다.

"으!"

민후가 비명 같은 신음을 내뱉었다. 죽은 듯 누워 있는 여자는 그토록 찾고 있던 지아였다. 하지만 이상한 생각에 여자를 다시 보았다. 눈, 코, 입이 모두 지아랑 똑같았지만 여자는 지아가 아니었다.

'이, 이게 무슨……'

눈앞에 펼쳐진 상황이 믿기지 않았다. 민후는 하이퍼 타워 앞 바닥에 흐르던 핏물을 떠올렸다. 꽤 높은 곳에서 떨어진 지아가 눈앞에 있는 여자처럼 멀쩡할 수가 없었다. 게다가 암벽 등반을 좋아하는 구릿빛 피부인 지아와 달리 창백한 피부색도 이상했다. 그리고 보니 머리카락 색도 달랐다. 지아는 금빛이 도는 갈색인데 여자는 검은 머리카락을 하고 있었다.

무언가 잘못되었다는 생각이 뇌리를 스쳤다. 생김새는 같았지만 다른 사람. 민후가 찾고 있는 지아는 어디에 있는 걸까. 민후는 몸을 비틀었다. 이곳에서 빨리 나가야 했다.

팔뚝에 힘줄이 드러나도록 몸을 뒤틀었지만 금속 바는 꼼짝도 하지 않았다. 다리 쪽도 마찬가지였다.

'유명우는 딸인 지아를 데리고 무슨 실험을 하는 걸까? 쌍둥이처럼 닮은 두 명의 지아……. 나는 왜 묶어 둔 것일까. 진실을 알았기 때문에?'

답을 알 수 없는 의문들이 꼬리를 물고 이어졌지만 풀리지 않는 난제처럼 느껴졌다.

주호 삼촌이 했던 말이 떠올랐다.

'복제 인간의 가장 큰 문제점이 뭔지 알아? 기억 공유. 둘이 엄연히 다른 사람인데 기억이 같을 리가 없잖아. 유전자가 같아도 엄연히 다른 개체인데 뇌 속의 기억이나 생각까지 같을 수는 없지.'

지아와 또 다른 지아. 둘 중 한 명은 복제 인간이다! 척추를 타고 소름이 퍼져 나갔다. 깊이를 알 수 없는 구덩이로 빠진 기분이었다. 갑자기 귓속에서 삐, 하는 이명이 들려 민후는 얼굴을 찌푸렸다.

―민후야, 민후야.

"으으으."

―말하지 말고 생각을 해. 나는 네 생각을 들을 수 있어. 지금 네가 내 생각을 들을 수 있는 것처럼.

민후는 침대에 죽은 듯 누워 있는 여자 쪽으로 고개를 돌렸다.

—지금 거기에 누워 있는 사람은 내가 아니라 나랑 똑같이 생긴 원본이야.

—원본이라니, 그게 무슨 말이야? 내가 어떻게 네 목소리를 들을 수 있는 거지? 너 지아 맞아? 지아야, 지금 어디야!

민후가 필사적으로 몸을 비틀었다.

—난 생체 연구소에서 만들어 낸 복제 인간이야. 원본에게 몸속의 여러 장기나 기억을 주려고 만들어 낸 부품이나 마찬가지야. 나한테 붙여진 이름은 지아가 아닌 미모스-1이야……

지아의 목소리 끝이 힘없이 내려앉았다.

—저 사람이 너의 원본이라고? 그럼 저 사람을 살리기 위해서 너를 복제했다는 말이야? 말도 안 돼!

부품이라는 어이없는 말이 좀처럼 믿기지 않았다.

—나와 원본의 머릿속에는 나노봇이 들어 있어. 나노봇이 원본의 파괴된 기억을 복구하는 동안 복제 인간인 내가 학교를 다니면서 원본이 잃어버린 시간과 추억을 대신 채우고 있었던 거야. 유명우는 딸에게 완전한 기억을 만들어 주려고 나를 이용한 셈이지.

—말도 안 돼. 그런 개 같은 경우가 어디 있어.

—그동안 나는 진짜 나로 살아 본 적이 없었어. 아빠에게 원본이 좋아하는 음식, 취미, 성격, 심지어 말투까지 강요당했어. 거부하면 어김없이 주먹이 날아왔지. 그나마 학교에서는 숨통이 트였지만 나중에는 그것도 불가능하게 되었어. 아빠가 너와 친하게 지내는 걸

알아 버렸거든. 그건 아빠가 원하지 않는 것 중에 한 가지였어.

―태오 때문에 너랑 내가 친하게 지내는 걸 들킨 거구나. 나쁜 자식…….

―태오 욕하지 마. 강한 유혹 앞에서 흔들리지 않을 사람이 몇이나 있을까. 태오도 뿌리치기 어려웠을 거야. 순수한 마음을 나쁜 의도로 이용한 사람이 악한 거지.

―너랑 내가 어떻게 이런 대화가 가능하지? 난 지금 말도 못 하는 상황인데…….

―미안, 사실 너한테 말하지 않은 게 있어. 구름다리에서 너랑 처음 부딪혔을 때 생각나? 그때 처음으로 네 생각이 나한테 들렸어. 하지만 나도 처음 겪는 일이라 당황스러워서 잘못 들은 거라고 무시했어. 하지만 하이퍼 타워에서 네가 나한테 단추를 건네줄 때 확실히 알았어. 네 생각이 들린다는 걸…….

―왜 말 안 했어? 진작 말해 줬으면 이 지경까지 오지 않게 내가 도왔을 텐데.

민후는 그동안 지아가 혼자 얼마나 무서웠을까, 안타까운 마음이 들었다.

―나 때문에 너까지 잘못될까 봐 무서웠어. 아빠는 무서운 사람이거든. 내 걱정 말고 빨리 여기서 도망쳐.

―지아야, 일단 만나자. 내가 갈게. 거기 어디야, 지아야, 지아야!

민후가 소리쳤지만 더 이상 지아 목소리는 들리지 않았다. 어느새 어두워진 방 안이 어둠에 잠겼다. 갑자기 검은 하늘을 가르는 번

개가 쳤다. 창밖이 번쩍거리더니 커다란 천둥소리가 들렸다. 번개가 칠 때마다 어둡던 방이 환해지다 도로 어둠에 휩싸였다. 곧이어 두꺼운 유리문을 두드리며 세차게 비가 내렸다. 굵은 빗방울이 유리창을 타고 흘러내렸다.

잠시 후 문이 열리는 소리에 민후가 얼른 눈을 감았다. 심장이 두근거렸다. 바닥을 울리는 구둣발 소리로 짐작건대 여자 같았다. 구둣발 소리가 점점 가까워지더니 팔뚝에 차가운 감촉이 느껴졌다.

민후의 체온을 잰 여자가 민후 입을 막고 있던 테이프를 떼어 내고는 모니터에 숫자를 입력했다. 잠시 후 여자는 벽 쪽으로 걸어갔다. 민후가 눈을 살짝 떴다. 흰 가운을 입은 여자가 약품 진열장에서 손가락만 한 투명한 약병을 집어 주사기로 액체를 뽑아냈다. 무슨 약일까. 저걸 맞으면 안 된다고 본능이 소리쳤다. 민후는 미친 듯이 뛰고 있는 심장을 억누르며 몰래 얕은 숨을 내쉬었다.

닫혀 있던 문이 열리며 남자 목소리가 들렸다.

"김 박사님, 수술실에 미모스-1이 준비되었습니다. 원본을 옮긴 후에 미모스-2도 이동 예정입니다."

남자가 여자에게 말했다.

"네, 알겠습니다."

여자가 고개를 끄덕였다.

민후는 수술실에 준비되어 있다는 미모스-1이 틀림없이 지아일 거라고 생각했다. 남자가 원본 지아가 누워 있는 침대를 밀며 입구로 나갔다.

'지아를 닮은 저 여자를 수술실로 데려가려는 걸까? 그렇다면 수술실에 지아가 있는 게 분명해. 아, 이제 어쩌지.'

민후는 입 안이 바싹 말랐다. 남자가 나가고 문이 닫히자 민후가 눈을 떴다.

"어머, 지금 깨어나면 안 되는데."

민후와 눈이 마주친 여자가 당황해하며 다시 진열장으로 걸어갔다. 여자는 진열장에서 수면 진정제 약병을 찾아 바늘을 찔러 넣고 주사기를 당겼다. 바늘 끝에 매달렸던 약물 방울이 바닥으로 뚝뚝 떨어졌다.

"잠깐만요, 제가 왜 여기 묶여 있는 거죠? 이유가 뭐냐고요!"

민후가 갓 잡힌 물고기처럼 몸을 들썩였다. 흥분한 민후와 달리 여자는 차분했다. 여자가 모니터에 숫자를 입력한 후 민후에게 다가왔다. 여자가 들고 있던 주사기를 팔뚝에 찌르려고 하자, 민후는 덜컥 겁이 났다. 이대로 잠들면 모든 게 끝이라는 생각이 들었다.

"이거 놔, 놓으라고! 여기 누구 없어요? 살려 주세요! 살려 주세요!"

민후가 격렬하게 반항했지만 금속 바가 민후 몸통을 누르고 있어 꼼짝도 할 수가 없었다.

"수면 진정제 맞으면 괜찮아질 거예요."

높낮이가 느껴지지 않는 냉정한 목소리로 여자가 말했다. 여자의 차가운 손이 민후 팔에 닿는 순간 입구 문이 다시 열렸다. 허리를 숙이고 있던 여자가 의아해하며 입구 쪽으로 걸어갔다.

"누구시죠? 이곳은 출입 금지입니다."

"제 친구가 여기 있다고 해서 왔는데요. 어, 저기 있다."

낯익은 목소리에 민후가 고개를 돌렸다. 태오였다.

"당장 나가세요."

여자의 당황한 목소리가 들렸다. 여자가 태오에게 밀리며 뒷걸음
질을 치더니 민후 옆에서 멈추었다.

"얘가 제 친구인데 좀 풀어주시겠어요?"

민후가 고개를 돌리자 태오의 때 묻은 운동화가 보였다. 태오 옆
으로 한 사람이 더 있었다.

"당장 나가세요. 나가라고요!"

여자가 태오를 밀어냈다.

"아줌마, 내 친구 빨리 풀어 달라고!"

태오가 소리쳤다.

"태오야, 비켜. 말로 해서는 안 될 것 같다."

주호가 여자 뒤에서 피식 웃었다.

"아악!"

지지직 하는 소리와 함께 여자의 짧은 비명이 들렸다. 여자가 털
썩 바닥으로 쓰러지고 눈앞에 주호와 태오가 나타났다.

"야, 어떻게 된 거야."

민후는 구세주처럼 나타난 두 사람을 올려다보았다.

"주호가 나도 구해 줬어. 삼촌이 네 옷에 위치 추적기를 붙여 놨
대. 전기 충격기도 빌려줬고, 이름이 블랙 스네이크야. 멋지지 않냐.

나중에 나도 하나 사려고. 삼촌 아니었으면 우리 둘 다 죽었을지도 몰라."

태오가 엄지손가락을 치켜세우자 주호가 펜처럼 생긴 검은색 전기 충격기를 흔들었다.

"여기서 빨리 나가자. 내가 시시티브이를 이전 화면으로 정지시켜 놨는데 15분 정도밖에 시간 여유가 없어."

주호가 손목에 차고 있던 검은 밴드를 금속 바에 갖다 대자 띠릭, 소리와 함께 금속 바가 풀렸다. 민후는 무거운 금속 바를 밀어내고 침대에서 뛰어내렸다.

"그 밴드는 뭐야?"

민후가 손목을 문지르며 주호를 보았다.

"너희랑 헤어지고 돌아서는데 연구원 두 명이 바코드가 아니라 이걸 게이트에 대고 들어오더라고. 느낌에 아무래도 필요할 때가 있을 것 같아서 잠깐 슬쩍했어. 일단 여기서 나가자."

세 사람은 복도에 아무도 없는 걸 확인한 후 조심스레 밖으로 나왔다. 민후는 복도를 걸어가며 입고 있는 옷을 더듬었다. 태오 말대로 밑단에 붙여 놓은 자석처럼 생긴 위치 추적기가 손에 잡혔다.

51F의 비밀

"지아랑 똑같이 생긴 애라니. 그럼 지아가 쌍둥이였단 말이야?"

물건이 잔뜩 쌓인 어두운 창고 안에서 태오가 놀란 듯 목소리를 높였다.

"쉿, 자세한 건 나중에 말해 줄게. 일단 수술실이 어디인지부터 알아야 해. 곧 수술을 시작한다고 했어."

민후가 조심스레 창고 문을 열고 복도 밖을 내다보았다.

"삼촌이 이미 경찰한테 연락했을 거야. 이쯤에서 어른들한테 맡기고 우리는 여길 나가는 게 어때? 삼촌이 위험하니까 꼭 그러라고 신신당부했단 말이야."

주호가 걱정스러운 눈빛으로 두 사람을 보았다.

"가려면 너희끼리 가. 여기에 지아가 있는 걸 아는데 어떻게 지아 혼자 두고 갈 수가 있겠어."

민후의 말투는 단호했다. 천둥 번개가 치자 창고 안이 환해졌다 다시 어둠에 잠겼다.

"혼자 멋진 척하게 놔둘 수는 없지. 좋아, 같이 가자."

주호가 빙그레 웃었다. 민후와 주호가 창고 밖으로 나가려는데 뒤에서 태오가 급하게 두 사람을 불렀다.

"얘들아, 여기 문처럼 보이는 게 있어."

태오 말에 창고 밖으로 나가려던 민후와 주호가 벽 쪽으로 다가왔다.

"여기에 문이 있다고?"

민후가 벽을 더듬으며 말했다.

"그냥 벽 같은데……."

주호도 민후와 같이 어두컴컴한 창고 벽을 더듬었다.

"잘 봐. 여기 네모난 틈으로 불빛이 보이잖아. 문이 틀림없어."

태오가 목소리를 높이자 주호가 쉿, 소리를 냈다.

"그러네, 약하긴 하지만 빛이 새어 나오고 있어. 이게 문이라면 어디로 통하는 걸까?"

민후가 조그만 목소리로 두 사람을 보았다.

"거봐, 내 말이 맞지? 얼른 밴드 그거 좀 갖다 대 봐."

태오 말에 주호가 밴드를 이리저리 대 보았지만 꿈쩍도 하지 않았다.

"안 열려. 이거 문 맞아?"

두 사람 뒤에 서 있던 민후가 팔을 뻗어 문을 더듬었다. 잠시 후

꿈쩍도 않던 네모난 문틈이 벌어지며 환한 빛이 쏟아졌다. 문은 허리를 숙여야 들어갈 정도로 작았다.

"뭐야, 밴드도 소용없더니 저절로 문이 열리네? 혹시 민후 위치 추적기에 문 여는 기능도 붙어 있는 거 아니야?"

태오가 고개를 갸웃거렸다.

"일단 빨리 들어가 보자."

주호가 먼저 안으로 들어갔다. 마지막으로 문을 통과한 민후는 기분이 이상했다. 50층 입구에서 태오가 먼저 들어가고 문이 잠겼을 때 문이 저절로 열렸던 게 떠올랐다. 태오 말대로 위치 추적기에 그런 기능이 있는지 모르지만 민후 앞에서만 열리는 문이 찜찜했다. 왠지 점점 깊은 수렁으로 빠지는 기분이 들었다.

"위층으로 연결되는 계단이 있어. 어쩐지 엘리베이터에 51F 버튼이 왜 있나 했더니, 그냥 만들어 놓은 게 아니었네."

태오를 따라 주호와 민후가 차례대로 올라갔다. 계단 끝에 역시 비슷한 크기의 문이 있었다. 문 옆으로 '금지 구역 51F'라는 붉은 글자가 적혀 있었다. 민후가 문 앞에 서자 역시 딸깍, 하고 문이 열렸다. 눈앞에 길게 이어진 복도가 나타났다. 복도에 알코올 냄새가 옅게 배어 있었다. 복도 끝에 다다르자 50층과 비슷한 넓은 로비가 나왔다. 드르륵, 철제 카트를 끄는 소리에 세 사람은 얼른 복도 쪽으로 몸을 숨겼다. 카트를 끌던 남자가 반대편 복도로 사라졌다.

51층 로비는 50층과 비슷했지만 불빛도 어둡고 어딘가 모르게 음산한 공기가 흐르고 있었다. 50층과 달리 소파는커녕 벽을 장식한 액자나 화분도 없었다. 캄캄한 창밖으로 거센 빗줄기가 쏟아지고 있었다. 칠흑처럼 어두운 밤하늘에 천둥소리와 함께 이따금씩 번개가 내리쳤다.

로비 오른쪽으로 불투명한 자동 유리문이 보였다. 주호와 태오가 목소리를 낮추고 얘기하는 모습이 보였다. 민후가 조그만 소리로 두 사람을 불렀지만 듣지 못했다. 할 수 없이 민후는 문 쪽으로 혼자 걸어갔다. 민후가 문 앞에 서자 띠릭, 문이 열렸다.

"강민후!"

태오가 부르는 소리에 민후는 두 사람에게 얼른 오라고 손짓을 했다. 주호와 태오가 걸어오는 걸 보고 민후는 조심스레 안으로 들어갔다. 민후가 안으로 들어서자 등 뒤로 문이 닫혔다. 태오가 밖에서 문을 두드렸지만 문은 열리지 않았다. 주호가 들고 있던 밴드를 패널에 대 보았지만 문은 꿈쩍도 하지 않았다. 주호와 태오가 어이없는 표정으로 마주 보았다.

"민후는 어떻게 들어간 거지?"

태오 물음에 주호는 대답할 말을 찾지 못했다.

갑자기 뒤쪽에서 발걸음 소리가 났다. 주호와 태오는 재빨리 들어왔던 복도 문으로 뛰어가 숨었다. 반대편 복도에서 걸어온 흰 가운 입은 여자가 민후가 들어간 문 앞에 서서 홍채 인식을 하고는 안으로 들어갔다.

"민후 혼자 저 안에 들어가서 어떻게 해. 문도 안 열리고 어쩌지?"

태오가 입술을 깨물었다. 셋이 아니라 혼자 지아를 찾아다닐 민후가 걱정스러웠다.

"삼촌한테 연락해 보고 방법을 찾자. 시시티브이가 다시 작동할 시간이 얼마 남지 않았어. 길어야 5분에서 7분 정도야."

주호가 시계를 들여다보았다. 시간이 없었다. 민후와 따로 떨어지게 된 주호와 태오는 방법을 찾기 위해 왔던 길을 되돌아가기로 했다.

오렌지색 톤으로 꽃다발을 만들어 달라는 손님의 요청에 꽃을 고르던 민후 엄마에게 전화가 걸려 왔다. 손님이 있을 때는 워치폰을 받지 않지만 화면에 민후 친구인 태오의 번호가 떠서 안 받을 수가 없었다.

"뭐라고? 우리 민후가……. 너희들은 괜찮은 거지? 응, 그래, 알려 줘서 고맙다."

꽃다발을 주문한 손님이 호기심 가득한 눈으로 민후 엄마를 쳐다보았다.

"죄송합니다. 제가 급한 일이 있어서 지금 가게 문을 닫아야 할 것 같아요."

"아, 네……."

손님이 가게를 나가자마자 민후 엄마는 꽃집 문을 닫았다. 어느새 빠르게 뛰던 심장이 차분하게 잦아들었다. 언젠가는 이런 일이 올 줄 알고 있었다는 듯…….

민후 엄마인 민영아 박사의 머릿속에 중대한 발표를 앞두고 학회에 가던 날, 인생을 뒤바꾼 자동차 사고가 불현듯 떠올랐다.

생명 공학 박사인 유명우와 민영아는 복제 인간에게 원본의 기억을 업로딩할 수 있는 나노봇 기술에 대한 임상 실험에 성공한 상태였다. 민영아는 유명우와 잦은 의견 충돌로 마음이 상했지만 같은 목표를 가지고 긴 시간을 함께 달려온 만큼 입장 차이를 금방 풀 수 있을 거라 생각했다. 민영아는 사고로 기억을 잃은 사람이나 뇌에 장애를 입은 사람에게 의학적으로 접근해 도움을 주려고 했지만, 유명우는 그 기술을 자꾸만 상업적 수단으로 이용하려 했다.

그러던 중 학회 일정이 잡혔고, 가까운 곳에서 마침 세계 청소년 캠프가 열린다며 유명우가 아이들을 데려가자고 제안했다. 좋은 기회인 것 같아 흔쾌히 승낙했는데 그게 아들과의 영원한 이별이 되고 말았다.

병원에서 깨어난 민영아에게 유명우는 중환자실에 누워 있는 준후를 원래대로 되돌려 놓을 수 있다고 민영아를 설득했다. 준후의 복제 인간을 만들어 손상된 뇌를 완전하게 복원할 수 있다고 자신했다.

기술에 성공하기는 했지만 민영아는 아들을 첫 번째 대상자로 삼고 싶지 않았다. 하지만 아들을 살릴 수 있는 마지막 기회이기도 했다. 민영아는 마음이 흔들렸다. 반려동물 복제는 불법이 아니었지만 인간 복제는 불법이었다. 게다가 아직 일반인에게는 알려지지 않은 특급 기밀이었다. 신기술을 개인적인 일에 이용한다는 게 마음에 걸렸다. 하지만 민영아는 과학자이기 전에 한 아이의 엄마이기도 했다. 세상의 그 무엇보다 아들의 목숨이 먼저였다.

그렇게 준후의 복제 인간인 민후가 탄생하게 되었다. 준후와 유전자까지 똑같은 완전한 복제 인간. 민영아는 쌍둥이처럼 똑같은 두 사람을 보며 자신이 벌인 짓을 뼈저리게 후회했다. 준후를 위해 민후를 희생해야 한다는 생각으로 불면증과 우울증에 시달렸다. 그러던 어느 날, 갑자기 준후 심장이 멈췄다. 오전까지만 해도 힘차게 뛰던 준후 심장은 다시는 뛰지 못했다. 준후가 사고 이후 잃어버린 기억을 메우기 위해 민후가 학교에 다니기 시작하던 때였다. 준후 머릿속의 나노봇에 차곡차곡 쌓여 가던 기억이 심장이 멈추자 한꺼번에 모두 날아가 버렸다.

민영아는 그래프와 기록지를 세세하게 살펴보았지만 유명우 말대로 심장이 멈춘 원인을 알아낼 수가 없었다. 민영아는 눈앞에 벌어진 일들이 꿈만 같았다. 아무것도 모른 채 학교에 다니는 민후를 보면 가슴이 아팠다. 민영아의 고통스러운 상황에는 아랑곳없이 유명우가 욕심을 부리기 시작했다. 유명우는 중환자실에 누워 있는 자신의 딸 지아를 위해 민후를 임상 실험 도구로 쓰려고 했다. 민후의 데이터를 참고해 지아의 뇌를 살려 보려는 야심을 품었다.

아들 준후는 죽었지만 민후는 민영아에게 또 다른 아들이었다. 민후를 준후의 복제 인간이라고 생각하지 않았다. 민영아는 자신의 이름을 이지영으로 바꾸고, 가지고 있던 부와 명예를 모두 버렸다. 민후를 데리고 해외로 가려고 했지만 환경이 많이 달라지는 게 민후의 뇌에 어떤 영향을 미칠지 몰라 겁났다. 그래서 선택한 곳이 중심가와 떨어진 한적한 B블록 지구였다. 민영아는 이곳에서 이지영이라는 신분으로 민후와 행복하게 지냈다.

나노봇이 피질에 분포된 미러 뉴런의 신경망들을 이어 주면 민후의 사회성도 좋아질 거라고 생각해 온라인 수업 대신 학교를 선택했다. 민후가 조금씩 좋아지는 게 눈에 보였지만 조급한 마음은 갖지 않았다. 하지만 이명이 문제였다. 무엇이 잘못되었는지 민후가 이명으로 괴로워하기 시작했다. 하지만 큰 병원은 유명우와 연결되어 있어 피할 수밖에 없었다.

그렇게 조심스레 지냈는데 지금 민후가 유명우 손에 잡힌 것이다. 유명우는 그동안 민영아와 민후가 어디에서 어떻게 살고 있는지 다 알면서 모른 척해 왔던 걸까. 민영아는 생각했던 것보다 유명우가 더 무서운 사람일지도 모른다는 생각에 소름이 돋았다.

민영아는 서둘러 집으로 돌아왔다. 안방 서랍 깊숙이 넣어 두었던 흰 가운과 출입증 밴드를 꺼냈다. 연구소를 드나들 때 쓰던 게이트 열쇠였다. 유전자 정보가 입력되어 있어 연구소 안 어디든 출입이 가능했다. 민영아는 버리지 않길 잘했다고 생각하며 밴드를 꼭 움켜쥐었다. 첫째 아들 준후는 잃었지만 둘째 아들 민후까지 잃을 수는 없었다. 민후를 반드시 지켜내야 했다.

민영아는 빗속을 뚫고 달리는 택시 안에서 점점 가까워지는 하이퍼 타워를 쳐다보았다. 날씨가 심상치 않았다. 창문에 부딪히는 빗방울 소리를 들으며 두 번 다시 생각하고 싶지 않았던 예전의 끔찍한 교통사고를 떠올렸다. 눈가가 뜨거워지려는 순간 하이퍼 타워 옥상으로 내려앉는 구급 헬기가 보였다. 심장이 바닥으로 철렁 내려앉았다.

택시가 서자마자 민영아는 거침없이 하이퍼 타워 1층으로 뛰어들어갔다. 넓은 로비를 지나 생체 연구소 직원들만 드나드는 좁은 복도로 들어섰다. '관계자 외 출입 금지'라는 글자가 보였지만 출입 중인 밴드가 있어 무사히 통과할 수 있었다. 자동문을 통과한 민영아는 초초한 마음으로 직원용 엘리베이터에 올라탔다. 떨리는 손으로 51F 버튼을 눌렀는데 반응이 없었다. 민영아는 움직이지 않는 엘리베이터에 당황했다. 하지만 곧 50층 창고 안에 있던 비밀 계단을 기억해 냈다.

비밀 계단은 첨단 장비가 갖추어진 51층의 생체 실험실과 수술실로 이어진다. 민영아는 천천히 숨을 내쉬며 50층 버튼을 눌렀다. 위잉, 소리를 내며 엘리베이터가 빠른 속도로 움직였다.

잠시 후 민영아는 떨리는 숨을 가다듬으며 50층 복도로 내려섰다. 지나가는 연구원이 간혹 있었지만 흰 가운을 입은 민영아를 의심하는 사람은 없었다. 오랜만에 맡아 보는 옅은 알코올 냄새가 예전의 기억을 떠올리게 했다. 민영아는 자연스럽게 비밀 계단이 있는 창고를 향해 성큼성큼 걸어갔다.

⑮ 최후의 결전

　얼떨결에 혼자 문 안으로 들어선 민후는 긴장했다. 혼자 지아를 구해야 한다는 생각에 암담했지만 이를 악물었다.

　민후는 조심스레 긴 복도를 걸었다. 사방에 진하게 배어 있는 알코올 냄새 때문에 더욱 긴장되었다.

　—지아야, 어디에 있는 거야. 지아야…….

　마음속으로 애타게 지아를 불렀지만 여전히 대답이 없었다. 벌써 무슨 일이 생긴 건 아닌지, 이미 수술을 시작한 건지 걱정되어 목이 타들어 가는 것 같았다. 줄지어 늘어선 방에 불이 꺼진 것과는 달리 복도 맨 끝 방에서는 옅은 불빛이 새어 나오고 있었다. 민후는 끝 방을 향해 서둘러 걷기 시작했다. 그때 복도 천장에 붙어 있는 시시티브이가 민후를 따라 움직였다. 50층에서도 민후와 태오를 따라 움직이던 시시티브이가 생각났다.

'누군가 보고 있다!'

민후가 걸음을 멈추고 시시티브이를 노려보았다. 움직이던 시시티브이도 멈추었다. 민후는 불빛이 새어 나오는 방을 향해 뛰었다.

민후가 차오르는 숨을 들이마시며 문을 살짝 열었다. 안쪽에서 낯익은 향이 났다. 지아 아빠에게서 풍기던 냄새였다. 민후는 정신이 번쩍 들었다. 유명우를 찾아 두리번거리는데 뒤에서 철컥, 문 닫히는 소리가 났다. 민후가 뒤를 돌아보자 유명우가 차가운 미소를 지으며 민후를 쳐다보고 있었다. 막연했던 불안감의 실체를 확인하자 팔뚝에 소름이 돋았다. 유명우 옆에 서 있던 건장한 남자가 민후에게 다가가려고 하자 유명우가 손을 들어 제지했다.

"민 박사가 아주 잘 키웠네. 지아가 아니었음 몰라볼 뻔했어."

유명우의 싸늘한 목소리에 민후는 몸이 굳었다. 종이라도 벨 듯 날카로운 눈빛은 악마의 눈빛이었다.

"지아 닮은 그 여자는 누군가요? 지아를 병원이 아니라 왜 여기에 데려다 놓은 거죠?"

민후를 위아래로 훑어보는 유명우의 입가가 비틀렸다.

"요즘도 이명 때문에 일상생활이 힘든가?"

민후는 깜짝 놀랐다. 유명우가 민후의 표정을 보고 너털웃음을 지었다.

"어떻게 알았냐고? 널 만든 사람이 나와 민영아 박사니까. 이름을 바꾸면 내가 못 찾을 줄 알았나 보지? 민 박사가 꽃집을 한다고? 후후, 이성적이고 논리적이던 사람이 나이 들어서 그런가 감상적으로 바뀌었어. 저런, 표정을 보아하니 엄마가 말을 안 해 줬나 보구나. 참, 정확히는 네가 아니라 준후 엄마지. 여기까지 오는 동안 네 앞에서 어떻게 문이 저절로 열렸는지 이상하지 않았나?"

민후는 지금 유명우가 무슨 말을 하는지 하나도 이해되지 않았다.

"그, 그게 무슨 말이지요?"

민후 목소리가 떨렸다.

"넌 민후가 아니라 미모스-2란다. 네 머릿속에 들어 있는 칩 때문에 연구소의 문이 저절로 열렸던 거지. 난 언젠가는 네가 태어난 집으로 돌아올 줄 알았거든."

유명우 목소리가 뱀처럼 차가웠다. 민후는 침대에 묶여 있을 때 곧 이동 예정이라던 미모스-2가 자신이었다는 생각이 들자 다리에 힘이 빠져나갔다. 민후 몸이 휘청했다. 동시에 사진 속에서 환하게 웃고 있던 준후가 떠올랐다. 복제 인간, 카멜리아 꽃집, 준후, 민영아 박사 등의 단어가 연결되지 못한 채 흩어진 퍼즐 조각처럼 머릿속을 둥둥 떠다녔다.

"나노봇을 이용해서 사람의 기억을 복제할 수 있다는 사실이 놀랍지 않나? 인간의 뇌는 무한한 가능성을 가지고 있지. 시냅스 구조를 분석한 나노봇이 파괴된 기억을 되돌려 놓으면, 수복된 뇌는 신경망이 연결되면서 나노봇 덕분에 기억 업로드가 가능해지지. 난 한 단계 더 나아가 뇌가 네트워크로 연결될 수 있다는 걸 알아냈다. 사람들은 내 이론을 비주류라고 폄하하면서 학계에서 배척했어. 하지만자, 봐라. 내 눈앞에 이렇게 결과물이 서 있지 않나. 넌 말을 하지 않고 생각만으로 미모스-1과 대화를 나눌 수 있지. 난 오늘 네 머릿속을 들여다볼 작정이다. 인류의 뇌가 거대한 네트워크로 연결된다면 얼마나 많은 일을 할 수 있겠나. 너는 인류에 커다란 공헌을 한 휴먼 클론으로 영원히 남을 것이다."

유명우가 기괴스럽게 웃었다. 유명우의 눈빛이 미친 사람처럼 번들거렸다.

민후는 무언가 잘못되었다는 생각에 뒷걸음질을 쳤다. 어느새 등 뒤로 다가온 경호원의 단단한 몸이 느껴졌다. 민후가 뒤를 돌아본 순간 경호원이 민후의 양팔을 거머쥐었다. 민후가 저항을 했지만 건장한 체격을 가진 성인 남자 손아귀에서 빠져나가기란 쉽지 않았다.

입가가 비틀린 비열한 표정으로 유명우가 민후 곁으로 바싹 다가왔다. 유명우 손에 날카로운 주삿바늘이 들려 있었다. 팔뚝을 뚫고 들어온 바늘이 따끔했다. 혈관을 따라 뜨거운 느낌이 몸 전체로 서서히 퍼져나갔다. 다리에 힘이 풀린 민후가 그대로 바닥에 쓰러졌다. 눈앞이 하얗게 변하며 정신이 아득해졌다.

'내 엄마가, 민 박사라고……? 쌍둥이가 아니었어. 준후는, 준후는…….'

지아가 했던 말이 머릿속에 왕왕 울렸다.

'원본을 위해 나를 만든 거야.'

꺼져 가는 정신을 붙잡으며 민후가 몸을 움찔했다.

'엄마가 왜, 엄마가 그런 짓을, 했을…… 리, 없어…….'

민후 머릿속에 엄마가 누군가를 기다리듯 하염없이 창밖을 내다

보던 모습이 떠올랐다. 안방에서 들려오던 흐느끼는 소리 역시 원본인 준후를 생각한 거였다니. 역시 그랬던 거구나. 역시……. 점점 무거워지는 눈꺼풀을 들어 올렸지만 무서운 추가 매달린 것 같았다. 민후의 눈가로 눈물 한 방울이 흘러내렸다.

유명우가 경호원에게 눈짓을 했다. 경호원이 민후의 겨드랑이에 손을 넣어 문 쪽으로 끌고 갔다. 민후는 이대로 끌려가면 모든 게 끝이라는 생각이 들었다. 무슨 수를 써서라도 정신을 차려야 했다. 감기려는 눈을 억지로 떴다. 침대 옆 철제 카트에 여러 개의 주사기가 놓여 있었다. 기회는 단 한 번뿐. 경호원이 민후를 이동 침대에 눕히고 금속 바를 채우기 위해 몸을 숙였다. 민후가 이를 악물고 몸을 비틀었다.

카트가 넘어지며 요란한 소리를 냈다. 카트에 몸을 부딪친 민후가 바닥으로 떨어지며 주사기 여러 개를 한꺼번에 거머쥐었다. 창밖을 내다보던 유명우가 놀라 급히 돌아섰다.

당황한 경호원이 민후 팔을 잡는 순간 민후가 쥐고 있던 주사기를 남자의 목에 힘껏 찔러 넣었다. 놀란 남자가 주사기가 꽂힌 목을 잡으며 풀썩 앞으로 고꾸라졌다. 목에 꽂힌 주사기 밑으로 여러 줄의 피가 흘러내렸다. 민후가 땅에 떨어진 또 다른 주사기를 집어 들었다. 눈앞이 흔들렸지만 몸집이 비슷한 유명우 정도는 상대할 힘이 남아 있었다. 민후가 주사기를 들고 비틀거리며 일어섰다. 유명우가 뒷걸음질을 쳤다.

"네가 새로운 역사를 만들 수 있게 기회를 주려는 거야. 결국 안

타까운 선택을 하려는 건가?"

"닥쳐, 역사 같은 거 관심 없어. 지아 어디 있어? 어디에 있냐고!"

민후가 휘청거리며 유명우에게 달려들었지만 가볍게 몸을 피한 유명우 때문에 휘청대며 바닥으로 나뒹굴었다. 유명우는 싸늘한 눈길로 민후를 쏘아보고는 그대로 방을 나가 버렸다.

"거기 서!"

유명우를 쫓으려던 민후가 몸을 일으키다 바닥에 쓰러져 있는 경호원 발에 걸려 넘어졌다. 민후는 몸속에 퍼진 약물로 눈앞이 어지러웠다. 토할 것처럼 속이 메스꺼웠다. 민후는 이를 악물고 침대 난간을 붙잡으며 일어섰다. 막 복도 끝 방으로 들어가는 유명우의 뒷모습을 보았다. 민후는 바닥에서 주사기 하나를 주워 유명우가 들어간 끝 방으로 비척비척 걸어갔다.

두꺼운 철문을 열고 들어서자, 진한 알코올 냄새에 민후는 정신이 번쩍 들었다. 대기실처럼 보이는 오른쪽 방은 옅은 베이지색 카펫이 깔려 있었다. 그 위로 작은 타원형 테이블과 나무 의자가 놓여 있었다. 벽에 유명우의 이력이 적힌 금빛 액자가 걸려 있었다. 왼쪽으로 다른 방과 연결되는 은색 문이 보였다. 다행히 흐릿했던 정신이 다시 맑아지고 있었다. 어느 정도 정신을 차린 민후가 은색 문을 향해 걸어갔다.

문에 붙은 동그란 투명 창문으로 창백하도록 흰 피부의 원본 지아가 죽은 듯 누워 있었다. 옆으로 고개를 돌린 민후 눈이 휘둥그레졌다. 원본 지아 옆에 민후가 그토록 찾아 헤맨 지아가 눈을 감고 있었다. 얼굴의 반이 멍으로 뒤덮이고 피딱지가 눌어붙어 마치 죽은 것처럼 보였다. 민후 심장이 미친 듯이 뛰기 시작했다.

민후가 문을 열려고 주먹으로 문을 두드리고 발로 찼지만 소용없었다. 거침없이 열리던 문이 이번에는 꼼짝도 하지 않았다. 갑자기 동그란 투명 창문이 불투명으로 바뀌더니 안이 전혀 보이지 않았다. 민후가 소리를 지르며 다급하게 문을 두드렸다.

삐삐삐삐, 안에서 급박한 경고음이 울렸다. 곧이어 어수선한 소리가 들렸다. 민후는 무슨 일이 벌어지고 있는지 알 수가 없어 미칠 것 같았다. 잠시 후 건물이 흔들리는 것 같은 진동이 느껴졌다. 민후가 대기실로 달려가 창밖을 내다보았다. 밖은 여전히 거센 빗줄기가 쏟아지고 있었다. 갑자기 하늘에서 빨간색 불빛이 번쩍거렸다. 불빛은 하이퍼 타워 쪽으로 가깝게 다가오고 있었다. 사설 응급 헬기였다.

'지아를 다른 곳으로 옮기려는 거야.'

민후 마음이 급해졌다. 이대로 지아를 보내면 두 번 다시는 볼 수 없을 것이다. 헬기가 착륙할 옥상으로 가야 했다. 지아를 구할 수 있는 마지막 기회다. 민후는 옥상과 연결된 계단을 뛰어 올라갔다.

'스카이 포레스트'라는 푯말이 붙은 문을 열자 거센 비바람이 안으로 들이쳤다. 비바람을 맞으며 민후가 옥상으로 나갔다. 심어 놓은 식물과 나무 위로 폭우가 쏟아지고 있었다. 거센 빗소리에 헬기 소리가 섞여 들렸다. 민후가 헬기를 찾아 두리번거리는데 누군가 뒤에서 이름을 불렀다.

"민후야, 민후야!"

뒤를 돌아보니 비에 젖은 엄마가 서 있었다. 엄마가 어울리지 않게 흰 가운을 입고 있었다.

"엄…… 마."

몸이 굳어 버린 것처럼 민후가 가만히 엄마를 쳐다보았다. 엄마가 달려들어 민후 손을 잡았다. 민후는 엄마를 밀어냈다. 엄마가 다시 민후 팔을 잡았다.

"곧 경찰이 올라와서 지아를 구해 줄 거야. 민후야, 엄마랑 같이 집에 가자."

엄마의 간절한 목소리가 민후를 붙들었다.

"지금까지 엄마가 하라는 대로만 하고 살았어요. 그동안 나한테 심장이 있는 줄도 모르고 살았다고요. 하지만 이젠 아니에요. 난 누구 대신이 아니야. 지아는 내가 좋아하는 친구예요. 친구가 죽을지도 모르는데 구하는 게 당연하잖아요."

민후는 엄마 손을 뿌리치고 헬기가 내려앉고 있는 곳으로 달려갔다. 민후를 부르는 엄마 목소리가 빗소리에 파묻혔다. 차가운 빗물이 퍼붓듯 몸으로 쏟아져 내렸다. 눈도 뜰 수 없을 만큼 굵은 빗줄기가 내렸지만 민후를 막을 수 있는 건 아무것도 없었다. 빗물 때문인지 약물이 완전히 빠져나간 건지 정신이 맑았다.

민후는 굵은 나무 뒤에서 헬기가 착륙하는 모습을 지켜보았다. 거센 비바람에 식물들 허리가 꺾였다. 헬기가 만들어 낸 바람에 나뭇가지가 날아가며 민후 뺨을 스쳤다. 헬기는 착륙했지만 프로펠러는 계속 돌아가고 있었다. 기장이 조종석에 앉아 있는 모습이 보였다.

유명우가 응급 헬기를 타고 어디로 가려는 건지 궁금했다. 어떻게든 지아가 헬기를 타는 걸 막아야 했다.

헬기 옆으로 51층과 연결된 입구가 있고, 바로 앞에 문이 보였다. 주홍색 불빛이 깜빡이자 문이 열렸다. 동그란 투명막에 싸인 이동 침대를 밀며 유명우가 나타났다. 민후가 몸을 숙인 채 이동 침대 가까이 다가갔다. 투명막 바깥으로 빗물이 흘러 지아인지 아닌지 확인할 수가 없었다. 들킬 걸 각오하고 조금 더 앞으로 다가갔다. 침대에 누워 있는 사람은 원본이었다. 지아가 아니라는 걸 확인한 민후가 재빨리 몸을 숨겼다.

유명우가 이동 침대를 헬기 안으로 밀어 넣었다. 유명우가 엘리베이터 앞에 서 있던 흰 가운을 입은 남자에게 손짓을 하자 남자가 문으로 사라졌다. 남자는 이제 지아를 데려올 것이다. 물에 젖은 민후가 주먹을 움켜쥐었다.

민후가 상대해야 할 사람은 조종사를 빼고 흰 가운을 입은 남자와 유명우 두 사람이었다. 민후가 가지고 있는 무기라고는 주사기 한 개가 전부였다.

잠시 후 문이 열리자 또 한 개의 이동 침대가 나타났다. 지아였다. 죽은 듯 누워 있는 지아를 보니 민후는 미칠 것 같았다. 유명우가 지아가 누워 있는 이동 침대를 밀고 헬기 쪽으로 걸었다.

"멈춰!"

유명우가 주위를 두리번거렸다. 뒤에서 침대를 밀던 흰 가운 입은 남자가 당황한 표정을 지었다. 유명우가 차갑게 웃으며 민후를 쏘아보았다. 헬기 조종사가 유명우에게 어서 타라는 수신호를 보냈다. 유명우가 흰 가운을 입은 남자에게 귓속말을 하자 남자가 허리에서 총을 뽑아 들었다. 남자 뒤로 유명우가 이동 침대를 미는 순간 민후가 땅을 구르며 재빨리 유명우에게 달려들었다. 유명우가 중심을 잃고 바닥에 쓰러지자 민후가 몸 위에 올라앉았다. 민후에게 몸이 눌린 유명우 얼굴 위로 차가운 빗줄기가 쏟아졌다.

"네가 낄 자리가 아니야."

유명우가 민후를 노려보며 뒤에 선 남자에게 턱짓을 했다. 허둥대던 남자가 민후 뒤에서 총을 겨누었다. 민후가 흘깃 보니 남자는 한 번도 총을 쏴 본 적이 없는 사람처럼 덜덜 떨고 있었다.

"지아 건드리면 가만 안 둘 거야."

민후가 유명우를 쏘아보았다. 유명우가 힘을 주어 민후를 밀쳤다. 엎치락뒤치락하는 사이 민후가 들고 있던 주사기를 놓쳐 버렸다. 뒤에 있던 남자가 어느새 다가와 민후 뒤통수에 총부리를 갖다 대었다. 묵직한 총구가 느껴지자, 민후는 몸이 경직되었다. 유명우 얼굴에 조소가 번지더니, 민후를 확 밀치며 일어섰다. 유명우가 다시 헬기 쪽으로 이동 침대를 밀고 가기 시작했다. 민후가 또다시 달려가 유명우를 껴안고 바닥으로 굴렀다.

타앙, 타앙!

빗줄기 사이에서 총알이 튀었다. 남자가 쏜 총알이 지아의 이동 침대 위에 덮인 투명막을 뚫고 지나갔다.

"안 돼!"

민후가 소리를 질렀다.

"숨이 끊어져도 좋으니까 머리통만 조심해! 빨리 쏴 버려, 빨리 쏴!"

민후에게 몸이 잡힌 유명우가 소리를 질렀다. 총 잡은 손을 덜덜 떨며 남자가 방아쇠를 당겼다. 바닥과 건물에 총알이 박히며 불꽃이 튀었다. 민후 몸에서 빠져나온 유명우가 이번에는 민후를 꽉 붙들었다. 총을 겨누고 있는 남자의 눈과 민후 눈이 마주쳤다. 유명우가 힘으로 민후를 바닥에 쓰러뜨렸다. 남자가 결심한 듯 눈을 감고 방아쇠를 당겼다.

"으악!"

총을 쏘던 남자가 외마디 비명을 지르며 쓰러졌다. 남자의 뒤에서 엄마가 부들부들 떨고 있었다. 엄마가 전기 충격기를 들고 있었다. 엄마는 민후 몸을 밟고 있는 유명우를 향해 말했다.

"내가 경고했지, 내 아들 건드리지 말라고."

"아들? 그때나 지금이나 변한 게 없군, 민 박사. 내 말대로 했으면 자네 아들 준후는 바로 살았을 거야. 이게 뭐라고 자네 아들을 희생시켰어. 이따위 클론이 죽은 아들을 대신할 수 있을 것 같아? 이왕 이렇게 된 거 우리 딸 살리는 데 도움 좀 주면 오죽 좋아? 꼭 일을 이렇게 지저분하게 만들어야겠어? 내가 너희 둘을 찾느라 우리 딸 살릴 시간을 얼마나 허비했는지 알아?"

유명우는 남자가 떨어뜨린 총을 주워 민후 머리를 겨누었다.

"4년 전 해안도로에서 일어났던 교통사고도 네가 일부러 그랬다는 거 알고 있어. 준후를 실험 대상으로 삼으려고 차 타기 전에 안전 벨트를 일부러 고장 냈다는 증거도 찾았어. 뇌 전류 실험 때문에 준후가 심장 쇼크로 죽고 나서 내가 왜 가만히 있었는지 알아? 둘째 아들까지 잃기 싫어서야. 그때 도망가는 게 아니었어. 바로 널 경찰에 넘겼어야 했는데, 그랬어야 했는데……."

엄마가 온몸을 떨었다.

"어, 엄마……."

차가운 바닥에 얼굴을 대고 있던 민후가 곁눈으로 엄마를 올려다 보았다.

"그러지 그랬어. 그깟 복제 인간이 뭐라고 데리고 도망을 가. 네 덕분에 일이 얼마나 꼬였는지 알아? 잘못한 걸 알았으면 이제라도 되돌려 놓아야지. 더 중요한 일이 우리를 기다리고 있다고. 이제 이 세상은 거대한 네트워크로 연결될 거야. 그렇게 되면 이 지구에는 더 이상 전쟁도 기아도 빈부 격차도 모두 사라지게 될 거야. 그야말로 새로운 유토피아가 열리는 거지."

차가운 구둣발이 민후 얼굴을 짓눌렀다. 투명막이 반쯤 날아가 고 스란히 비를 맞고 있는 지아 얼굴이 보였다. 피가 거꾸로 솟구쳤다. 두 눈에서 불이 나는 것처럼 뜨거웠다.

"인간…… 네트워크? 네 딸을 살리려는 게 아니었어?"

민 박사의 목소리가 가늘게 떨렸다.

"말하지 않고도 얼마든지 감정이나 생각을 공유하는 게 가능하다 는 걸 네 아들 덕분에 알게 되었지. 일단 내 딸에게 완전한 기억을 만들어 주는 미모스 프로젝트를 완료한 뒤에 새롭게 다음 프로젝트로 넘어갈 계획이야. 어때 나랑 함께하지 않겠어? 내가 지금까지 민영아, 당신의 출입증 밴드를 폐기하지 않은 이유이기도 하지."

"미친놈."

유명우의 눈빛에서 광기를 본 민 박사는 가슴이 철렁 내려앉았다. 다른 과학자들이 등을 돌린 비주류 이론에 동참했던 건 같은 또래의 아이를 가진 부모의 마음으로 좀 더 나은 세상을 만들고 싶었기 때문이었다. 조금씩 이견이 있었지만 이 정도로 미친 사람일 줄이야…….

민 박사가 주위를 둘러보았다. 지금쯤 경찰이 도착했어야 하는데 아직 소식이 없었다. 마음이 조급해졌다.

"한 발이라도 움직였다가는 네 소중한 클론 얼굴에 구멍이 날 거야. 그걸 바라는 건 아니겠지?"

유명우가 조금씩 뒷걸음질을 쳤다. 갑자기 민후 얼굴에 빨강과 파랑 불빛이 어른거렸다. 갑작스런 빛줄기에 민후가 눈을 찌푸렸다. 하이퍼 타워 옥상 위로 경찰 드론 여러 대가 나타났다.

"다 끝났어. 속죄할 수 있는 마지막 기회야. 총 내려놔."

민영아가 유명우를 쏘아보았다. 저격용 드론이 쏜 붉은 레이저 포인트가 유명우의 몸을 향하고 있었다.

"나랑 함께한다면 옛정을 생각해서 클론은 살려 주지."

유명우가 총을 고쳐 잡았다.

"개소리 집어치워!"

민영아가 분노 가득한 목소리로 한 발을 앞으로 내디뎠다.

"스톱. 가까이 오는 순간 미모스-2는 죽어."

유명우가 민후에게 총을 겨눈 채 이동 침대 쪽으로 빠르게 뛰었다.

"더 이상 움직이면 쏩니다."

저격용 드론에서 경찰 목소리가 들렸다. 유명우가 달리자 헬기의 프로펠러가 빠르게 돌기 시작했다. 곧이어 헬기가 이륙하기 시작했다. 앞을 막고 있는 지아의 이동 침대를 옆으로 확 밀치며 유명우가 헬기에 매달렸다. 이동 침대가 옥상 난간으로 미끄러지고 있었다. 엄마가 민후를 불렀지만 민후 귀에는 들리지 않았다. 민후가 옥상 난간에 부딪치려는 이동 침대를 향해 미친 듯이 뛰었다. 난간에 부딪치는 순간 민후가 간신히 이동 침대를 붙잡았다. 이동 침대가 크게 원을 그리며 움직임을 멈추었다. 동시에 등 뒤에서 커다란 총소리가 들렸다.

"안 돼, 민후야!"

민영아가 민후를 감싸 안으며 바닥에 쓰러졌다. 흰 가운을 입고 엎어진 엄마의 등 뒤로 붉은 피가 번지기 시작했다. 경찰들이 엄마에게 달려왔다.

"엄마, 엄마!"

민후가 소리를 지르며 엄마를 흔들었다.

"아들, 어, 엄마……, 괘, 괜찮아."

경찰이 엄마를 안아 올렸다. 민후는 헬기에 매달린 채 점점 하늘로 올라가는 유명우를 쏘아보았다.

경찰들이 헬기를 향해 착륙하라고 경고했다. 헬기에 매달린 유명우가 버둥거렸다. 저격용 드론이 헬기를 향해 총을 발사했다. 버둥거리던 유명우가 다리에 총을 맞고 비명을 질렀다. 유명우는 헬기와 함께 캄캄한 어둠 속으로 딸려 올라갔다.

저격용 드론이 헬기를 향해 총을 발사하자, 까만 하늘에 불빛이 이리저리 튀었다. 총알은 높게 날아오른 헬기 옆구리에 구멍을 냈다. 칠흑 같은 어둠 속으로 고도를 높이던 헬기가 방향을 잃고 옆으로 기울어졌다. 헬기가 커다란 곡선을 그리며 급강하하기 시작했다. 추락하는 헬기에서 회색 연기가 뿜어져 나왔다. 헬기에 매달렸던 유명우가 버티지 못하고 깊은 어둠 속으로 떨어졌다. 유명우가 내지른 비명이 거센 빗줄기에 섞여 사라졌다. 중심을 잃은 헬기는 하이퍼 타워 옆을 흐르는 검은 강물 쪽으로 추락했다. 커다란 폭발음과 함께 검은 연기가 치솟았다.

"지아야!"

민후가 부서진 투명막을 벗겨 냈다. 멍든 지아 얼굴을 만져 보았다. 따스한 감촉이 손끝에 느껴졌다. 민후는 서둘러 입고 있던 셔츠를 벗어 비를 맞고 있는 지아 얼굴 위로 들어 올렸다.

"이제 괜찮아."

민후는 지아를 지켰다는 안도감에 가슴이 벅차올랐다. 민후를 지키려고 총에 맞은 엄마, 친구를 위해 위험에 뛰어든 주호와 태오, 지아를 지키려는 민후의 마음은 모두 소중한 사람을 지키려는 같은 마음이었다.

익스트림 스포츠를 하면서도 심장이 뛰었지만 오늘 느꼈던 긴장과 스릴은 한 단계 더 나아간 고차원적인 경험이었다. 그동안은 살아 있다는 걸 느끼기 위해 발버둥 친 것에 불과했지만 지금 이 순간에는 살아 있다는 날것의 감정이 그대로 전해졌다. 뜨거운 피가 온몸 구석구석을 휘돌았다.

16
다시 구름다리

민후가 경찰들의 보호 아래 하이퍼 타워 1층으로 내려가자, 로비에는 소식을 듣고 달려온 기자들로 가득했다. 카메라 셔터 소리와 함께 조명이 번쩍거려 눈을 뜰 수가 없었다. 어느새 비는 거짓말처럼 멎어 있었다.

"어, 최 기자, 그만해. 나중에, 응? 나중에. 아, 윤 기자, 내가 따로 연락할게. 잠깐 좀 비켜 봅시다!"

주호 삼촌이 달려드는 기자들을 떼어 내며 길을 터 주었다. 간신히 기자들을 피해 민후와 주호 삼촌이 빌딩 구석에 섰다. 민후를 알아본 주호와 태오가 사람들을 뚫고 바로 달려왔다. 구급차에 타고 있는 지아 모습이 보였다. 침대에 누운 지아를 보고 태오가 입을 열었다.

"너도 병원으로 가야 하는 거 아니야?"

"괜찮아. 옷 때문에 그렇지, 난 안 다쳤어."

"병원에 갈 정도는 아니라니 다행이다. 삼촌한테 들었어. 엄마는 좀 어떠셔?"

주호가 물었다.

"다행히 총알이 스친 거라 2주 정도면 퇴원할 수 있대."

"천만다행이다. 진짜 걱정되더라."

민후 말을 들은 태오가 활짝 웃었다. 민후는 위험천만한 곳으로 지체하지 않고 뛰어와 준 두 친구에게 고마운 마음이 들었다.

―민후야…….

"지아야!"

화들짝 놀란 민후가 주위를 두리번거리자 주호와 태오가 이상한 눈으로 쳐다보았다.

"방금 구급차 탔잖아. 그새 또 보고 싶은 거야? 지아 타령 그만 좀 해. 지겨워지려고 한다."

태오가 토하는 시늉을 했다.

"아, 아니 그게 아니고. 잠깐만. 먼저 가고 있어."

머쓱해진 민후가 운동화 끈을 묶는 척하며 바닥에 쪼그려 앉았다.

"그럼 먼저 가고 있을게. 배고프단 말이야."

태오 말에 민후가 고개를 끄덕였다. 주호가 웃긴 얘기를 했는지 앞서 걸어가는 태오가 크게 소리를 내며 웃었다.

―지아야…….

자리에서 일어선 민후가 다리 난간을 잡고 마음속으로 지아를 불럸다. 눈앞으로 검은 물결이 일렁이는 강이 보였다. 물기 가득한 습한 바람이 불었다.

―민후야, 고마워.

힘없는 목소리였지만 지아랑 다시 대화를 나눌 수 있다는 사실이 감격스러웠다.

―고맙긴, 친구 사이에 이 정도는 당연한 거 아냐. 얼른 나아. 벌써 보고 싶다.

―응, 힘낼게. 나중에 다시 한번 우리 둘이 구름다리에서 노을을 보고 싶어.

―그래, 꼭 그러자. 기다릴게.

지아가 말한 '너와 함께'라는 말에 심장이 두근거렸다. 민후 입가에 저절로 미소가 번졌다.

"빨리 와!"

주호와 태오가 민후를 향해 손짓을 했다. 민후가 두 사람을 향해 뛰어갔다.

"오늘 고마웠다."

민후가 주호와 태오에게 손을 내밀었다.

"친구끼리 고맙긴. 오늘 푹 잘 자고, 나중에 보자."

태오 말에 민후가 고개를 끄덕였다.

"너도 똑같은 상황이었으면 당연히 도와줬을 거 아냐."

주호가 민후 등을 툭 치며 웃었다.

"그래, 조심해서 잘 들어가. 그럼 나중에 보자."

민후는 두 친구와 헤어지고 집으로 가면서 묘한 기분을 느꼈다. 친구들은 아직 민후가 복제 인간이라는 걸 모르고 있다. 그냥 이대로 말하지 않으면 영영 모를지도 모른다. 하지만 말하지 않는다면 친구를 속이는 거나 마찬가지라는 생각이 들었다.

물기를 머금은 강바람이 뺨을 훑고 지나갔다. 민후는 바쁘게 지나가는 사람들 틈에서 빠져나와 한적한 강가에 앉았다. 검은 물결 위로 빌딩들의 불빛이 일렁거렸다.

'나는 누구일까…….'

민후는 멍하니 강을 바라보았다. 복잡한 마음처럼 후덥지근한 공기가 답답하게 느껴졌다. 지아와 처음 만났을 때 버스 안에서 지아가 했던 말이 떠올랐다.

'휴먼 클론도 사람이에요.'

당당하게 받아치던 지아의 모습이 방금 본 것처럼 생생했다.

'그래, 나는 준후와 별개의 인격을 가진 사람이야. 준후는 준후고 나는 나다. 내가 클론이라고 해서 내 삶까지 복제된 건 아니야.'

민후는 엄마 없이 처음으로 일주일이라는 긴 시간을 오롯이 혼자 보냈다.

이틀 정도는 잔소리하는 사람이 없으니 편했지만 늦잠을 자는 바람에 학교에 지각을 했다. 결국 3일 내내 지각을 한 탓에 화장실 청소를 도맡아 했다. 시간이 지날수록 엄마의 빈자리가 점점 크게 느껴졌다. 마음속에서 중요한 무언가가 쑥 빠져나간 것처럼 허전했다.

한밤중에 안방에서 무슨 소리가 들린 것 같아 후다닥 문을 열었다가 어둠에 잠겨 있는 텅 빈 침대를 보고 도로 닫기를 반복했다. 그나마 뮤가 있어 외로움을 견딜 수 있었다.

드디어 엄마가 퇴원하는 날이 되었다. 민후는 주말 아침부터 엉망이 된 집을 부지런히 청소했다. 안방은 엄마가 입원한 뒤로 문만 열어 보았기 때문에 별로 정리할 것도 없었다. 대신 일주일 동안 갇혀 있던 묵은 공기를 빼려고 환기를 했다.

창문을 닫는데 문득 서랍에 있던 준후의 사진이 궁금했다. 같은 유전자를 갖고 있으니 모든 게 똑같겠지만 어쩐지 다른 구석이 하나쯤은 있지 않을까 쓸데없는 생각이 들었다. 비록 사진에 불과했지만 자세히 살펴보고 싶었다. 망설이던 민후가 서랍을 열고 준후의 사진을 찾았지만 어쩐 일인지 사진은 보이지 않았다. 다른 곳에 두었나 싶어 안방을 모조리 뒤져 보았지만 준후 사진은 어디에서도 찾을 수가 없었다.

엄마가 5분 후면 집에 도착한다는 메시지를 보냈다. 민후는 엄마를 기다리며 방과 거실을 이리저리 걸어 다녔다. 잠시 후 현관문 여는 소리가 들렸다.

"엄마!"

민후가 엄마를 보고 활짝 웃었다.

"엉망진창일 줄 알았더니 깨끗하게 청소했네."

엄마가 민후를 보고 웃었다.

"엄마, 몸은 괜찮아?"

"응, 좋아. 다 나았어. 어, 우리 민후 존댓말 안 하네? 다시 엄마랑 친해지기로 한 거야?"

"뭐 언제는 안 친했나."

민후는 그동안 유치하고 못나게 굴었던 행동들이 부끄러웠다.

엄마가 따스한 눈길로 민후를 보았다. 늘 한결같던 엄마 눈빛을 왜 오해했는지⋯⋯. 엄마를 오해하며 흘려보낸 아까운 시간들이 후회되었다. 준후가 죽고 엄마가 얼마나 힘들었을지 상상도 되지 않았다. 그 당시의 엄마 마음을 생각하니 마음 한구석이 저릿했다.

"민후야, 엄마가 미리 말 안 해서 미안해."

엄마가 민후 손을 잡았다.

"아니야, 그동안 내가 엄마 마음을 오해했어. 죄송해요."

민후 손에 엄마의 따스한 온기가 그대로 전해졌다.

7월이 되자 가만히 있어도 땀이 흘러내렸다. 지아가 입원한 지도 한 달이 지나가고 있었다. 이제 민후는 더 이상 알약을 먹지 않는다. 엄마는 머릿속에 들어 있는 나노봇 제거 수술을 받으면 이명이 말끔하게 해결된다고 했지만 그만큼 위험 부담도 컸다. 엄마는 수술을 받자고 했지만 민후는 수술 위험을 핑계로 거절했다.

실제로 민후를 괴롭혔던 이명은 마음의 문제가 합쳐진 것인지 모르겠지만 예전보다 심하지 않았다. 생활 소음이나 잡음은 그럭저럭 참을 만했다. 그렇게 적응하다 보니 민후를 괴롭히던 두통의 빈도수도 차츰 줄어들었다. 모든 일이 마음 먹기에 달렸다는 말이 괜히 있는 게 아니었다.

지아가 보고 싶었다. 지아가 병원에 입원한 뒤로 한 번도 만나지 못했다. 지아가 입원한 병원은 개인 면회가 금지였다. 답답했지만 그냥 무작정 기다리는 수밖에 없었다. 혹시나 마음속으로 지아를 불러 봤지만 어쩐지 지아는 대답이 없었다. 민후는 시간이 지날수록 조금씩 조바심이 커져 갔다.

그냥 서 있기만 해도 땀이 줄줄 흘렀다. 점심을 일찌감치 먹어 치운 민후와 주호는 운동장 구석에 있는 농구장으로 걸어가고 있었다. 화장실에 다녀온다던 태오가 헐레벌떡 두 사람을 향해 뛰어왔다.

"화장실 간다더니 왜 다시 와?"

"그러게."

주호 말에 민후가 어깨를 들어 올렸다. 두 사람 앞에 도착한 태오가 허리를 숙이고 숨을 헐떡였다.

"야, 헉헉, 지, 지아, 지아 학교 온대."

민후 눈이 휘둥그레졌다.

"뭐, 언제?"

"아, 그, 헉헉, 자, 잠시만."

태오가 손을 들었다. 이마에서 흐른 땀이 턱 밑으로 뚝뚝 떨어졌다.

"야, 그만 좀 헐떡이고 말 좀 해 봐. 지아가 언제 학교에 온다는 거야? 퇴원했대? 누구한테 들었어?"

민후가 허리를 숙이고 있는 태오에게 질문을 퍼부었다. 민후의 재촉에 태오가 숨을 크게 한번 몰아쉰 뒤 입을 뗐다.

"숨차 죽겠다. 하나씩 물어봐. 점심시간이라 화장실에 사람이 너무 많더라고. 그래서 몰래 교사 화장실에 들어갔거든. 역사 샘이 담임한테 지아 얘기를 물어보더라고. 담임 말이 다음 주 월요일부터 나올 것 같다고 하더라."

숨도 안 쉬고 한 번에 말을 마친 태오가 숨을 크게 들이마셨다. 지아 이름을 들은 민후 심장이 두근두근 뛰기 시작했다.

집으로 돌아온 민후는 침대에 누웠다. 뮤가 같이 놀자고 책상에서 침대로 풀쩍 뛰며 재롱을 부렸다. 열어 놓은 창문으로 시원한 바람이 들어왔다. 보랏빛과 남색이 섞인 하늘에 밝은 별 한 개가 나타났다.

지아를 처음 만난 순간부터 모든 장면이 영화처럼 떠올랐다. 민후가 벌떡 일어나 책상 서랍을 열었다. 지아에게 선물했던 목걸이를 손바닥에 올려놓았다. 끊어졌던 줄은 말끔하게 고쳐 놓은 상태였다. 언제든지 다시 전해 주면 되었다. 목걸이가 불빛에 반짝거렸다. 다시 지아에게 전해 줄 날만 기다렸는데, 드디어 올 것 같지 않은 그날이 다가오고 있다…….

─민후야, 하늘 좀 봐. 별 하나가 엄청 밝아. 참, 예쁘다…….

한 달 만에 들은 지아 목소리였다. 민후가 까만 하늘을 쳐다보았다.

─지아야! 이제 괜찮은 거야?

─응, 많이 나았어. 저기 멀리 보이는 빌딩 불빛이 꼭 크리스마스 트리 같아. 여기 있으면 꼭 다른 세계에 와 있는 느낌이 들어. 좀 일찍 왔으면 노을도 볼 수 있었는데 아쉽다.

지아가 살짝 입술을 깨무는 모습이 눈에 선했다. 아쉬울 때 하는 지아의 버릇이었다. 지아 말대로 까만 하늘 아래 하이퍼 타워를 중심으로 삐죽 솟은 빌딩들이 보였다. 그때 빌딩 위로 유난히 빛나는 별 하나가 눈에 들어왔다. 민후 눈이 커졌다. 지금 지아가 어디에 있는지 알 것 같았다. 책상 위에 있는 목걸이를 움켜쥐고 벌떡 일어났다.

민후는 한 번도 멈추지 않고 학교를 향해 뛰었다. 턱까지 차오른 숨을 고르며 교문으로 들어섰다. 학교 안에도 가로등이 있었지만 조도가 낮아 그리 환하지는 않았다. 어두컴컴한 운동장을 걸어 정적에 휩싸인 본관 쪽으로 뛰었다. 현관문과 창문이 어둠 속에서 입을 다물고 서 있었다.

민후는 구름다리가 있는 별관으로 달리기 시작했다. 금세 후끈한 공기가 몸에 달라붙었다. 텅 빈 것 같은 검은 공간 위로 구름다리를 따라 장식한 태양열 조명이 무지개처럼 빛나고 있었다.

심장이 세차게 뛰었다. 그 이유가 지아 때문인지 줄곧 뛰어서인지 알 수 없었다. 다리 위에 있는 지아가 눈에 들어왔다. 긴 머리가 바람에 휘날렸다. 다리 밑에 선 민후가 지아를 올려다보았다.

'미래의 어느 날 복제 인간이 합법화된다면, 지아와 나는 편견이나 차별 없이 동등한 대우를 받을 수도 있겠지만 지금과 다를 바 없이 소모품으로 취급될 수도 있다. 만약 그렇다면 우리는 계속 인간의 부속품인 채로 살아가야 하는 걸까.'

지금까지 민후를 괴롭힌 질문이 머릿속을 맴돌았다. 이제 민후는 결론을 지어야 했다. 민후를 발견한 지아가 환하게 웃으며 손을 흔들었다.

'내 겉모습을 복제할 수는 있었겠지만 내 삶은 그 누구도 복제하지 못해. 나는 엄연한 인격체를 가진, 한 인간이야.'

민후는 목걸이를 쥐고 구름다리를 향해 힘차게 뛰어 올라갔다.